SV

Ulla Berkéwicz
Josef stirbt

Erzählung

Suhrkamp

Erste Auflage 1982

Druck: Wilhelm Röck, Weinsberg
Printed in Germany

Josef stirbt

Eine Brustkrankheit, sagt die Mutter, eine hitzige. Sie sagt, daß in der alten Brust was wächst.
Wenn sie mich ruft, muß ich hin und bleiben. Es wird nicht lange dauern, habe der Arzt gesagt, das Gewächs schlage aus und drücke sein Herz ab. Und sein Herz, sowieso lahm, schabt und leiert schon lange.
Keine Monate mehr, sagt der Arzt, nur Wochen, vielleicht bloß Tage.
Nachts kriecht er vor Angst zu mir ins Bett, sagt die Mutter. Der Satz macht mir Angst. Wovor hat der Alte Angst?

Der Alte! – Der Alte steht jung im dürren Feld, die Faust zum Himmel und schmeißt die Axt hoch und schreit. Am Rand, am Weg, hat sich die Knechtschaft gesammelt und schlägt das Kreuz. Der Alte schreit: Herrgott du Aas! und schmeißt nochmal die Axt und schreit: Mach, daß es Regen gibt! Überm Berg bimmelt die Abendglocke. Der Alte hat sich ausgetobt und lacht. Und als dann Wind aufkommt und Wolken reinschiebt, reißt er die Kleider vom Leib und springt nackt über die Äcker und nimmt sein Regenbad und singt.

Aber jetzt hat der Alte Angst. Er ist 90 und kriegt die Angst.
Ich habe Angst und will vom Sterben nichts wissen.
Ich schlug auf die Käfer drauf, wenn sie starben, schon als Kindchen, denn ich fürchtete mich. Sie brummen vor Angst, sie zappeln, sie schwitzen. Totmachen und weggucken und wegmachen das Tote, weit weg.
Ich habe noch keinen sterben sehn. Ich bin noch keine 30. Ich habe mindestens nochmal soviel. Ich möchte lieber nicht hin, denn was ich nicht weiß, macht mich nicht heiß.

Die Alten stecken hoch oben in dem hohen Haus. Es ist hoch und wackelt, wenn der Wind geht.
Auf dem Lande hättet ihr sterben sollen. Besser 20 Jahre zu früh für den Bauern als in den Städten, denn weil es in den Städten ist, darum fürchten sich die Bauern wie die Städter.
Der die Erde bestellt, der gräbt und gräbt, weiß

doch, daß erst nur Stein war und wüster Sand. Aber dort, wo das Korn wächst und die Blumen blühn, liegen die Toten, braun und als Krumen oder in Schollen und der Bauer recht sie und häuft sie und scharrt sie sich unter die Nägel.
Am Dorfrand stand der Hof. Das Haus war aus Stein und hat nicht gewackelt. Die Körper sind brüchig und in den Falten sitzt der Staub der Jahre. Wären sie doch geblieben, wo sie waren, denn dort kröchen sie aneinander und dort schliefen sie tief.
Aber der Alte kriecht vor Angst nachts zur Mutter, und die Mutter kann vor Angst nicht schlafen.

Nach 2 Nächten ruft mich die Mutter. Die Verwandtschaft, sagt sie, will den Alten wegschaffen. Das gute Herz schlägt zu lang, eh daß es springt.
Die Mutter fragt, ob ich mich fürchte.
Natürlich nicht. Sterben ist was Natürliches. Ich bin heut abend bei euch. Bis dahin fürchtet euch nicht!
Ich habe noch keinen sterben sehn und noch keinen Alten nackt. Ich habe Angst vor Falten

und Gestank. Ich würde ihn lieber nicht nackt sehen. Ich würde ihn lieber angezogen erinnern.

Im Zug fällt mir der Januar ein. Immer stirbt im Januar einer. Letztes Jahr war Flori dran. Flori ist in seinem Haus verbrannt.
Als es sich jährte, faßte mich der Mut, und ich ging hin.
Hoch steht ein Gerüst ums Haus. Sonst nichts und niemand. Keine Anstalten zu mauern oder zu zimmern.
Kühl, kühl. Nieselregen macht alles naß. Der Puls, der Puls. Und der Kopf sticht ausgeleert in den Tag.
Wände stehen, dach- und deckenlos. Im Wohnzimmer schlagen die Fetzen im Durchzug. Weiß weht der Himmel rein. Auch die unteren Stockwerke sind geräumt.
Ein Laster parkt auf der Brücke vorm Haus. Sie laden Plastiksäcke ab, vollgestopft mit Fleisch- und Fettstücken und schleppen sie auf dem Rücken zu Nanking.
Nanking ist unser Chines. Er ist der Nachbar. Bei ihm haben wir gut gegessen. Auf sein Dach wollte mein Freund.

Aus dem höchsten Fenster kam er gekrochen, als ihm die Haut schon brannte, und wollte rüber aufs Chinesenhaus. Da greift der Junge daneben, rutscht.
Rutscht, fällt, fliegt mit lichterlohen Flügeln durch die Nacht und schlägt hier auf. Am Morgen kommt die Polente und macht den Kreidemann um das Fleisch.

Es ist Januar. Es ist kalt im Abteil. Städte leerer als Stoppelfelder. Und es pfeift um die Ecken und über die steigenden Straßen und um den Einzelnen und mitten hindurch, durch die Schiffe der Kirchen.
In solchem Wind wackelt das hohe Haus der Alten immer ein bißchen, immer ein bißchen mehr.

Eine Brustkrankheit, sagt die Mutter, eine hitzige, in der alten Brust, treibt was. Wächst neben dem Herzen, drückt es ab, zehrt es aus, nistet im Weichen, brütet im Schleim, setzt sich durch gegen die alten Formen. Was Junges im alten Mann, was Stürmisches und Geschwindes am lahmen Herzen. Die Revolution der Leibguerillas. Überall rüsten sie, schlagen aus, fallen

an, und schließlich sitzt das Land voll von Mutanten.
Der Alte und die Anarchie! Da muß ich aber lachen! Manchmal geht ein grades Leben halt verkehrtrum zuende.

Der Zug reißt die Luft. Der Himmel hat sich verändert. Drüben hängt er matt und schwarz runter und hüben ist Sonnenschein. Aber die Wolken treiben. Es sind Gewebeteile.

Gottseidank haben sie Telefon. Gottseidank ist die Mutter auch da. Gottseidank wohnen sie in dem hohen Haus, denn da wohnen viele. Vielleicht ist noch einer krank, dann muß man nachts nicht alleine wachen. Vielleicht kann man den andern stöhnen hören, oder Wasser rauscht und die Klospülung wird gezogen, vielleicht kürzt das die Nacht.
Er spricht ja schon wirr und sieht Leute, wo keine sind, sagt die Mutter. Das ist das Zeichen, sagt sie. Es dauert nicht mehr lang. Keine Wochen, sagt sie, nur Tage. Immer nur Tage und will mich locken.

Vor zwei Jahren wurde der Alte plötzlich alt. Die Muskeln vom Ackerbau halten lange, eh sie schlaff werden, und das Gehirn macht Überstunden, vom täglichen Sauerstoff gesund erhalten und trainiert.
Aber mit 88 kam der erste Schnupfen. Der hat ihn umgehaun. Die Backen luden aus. Der Kopf verformte sich. Das rechte Auge floß ihm weg. Der Suppenlöffel zitterte in seiner Hand. Der Zuckerwert stieg, Blutfett. Er vergaß, im Supermarkt die Preise zu vergleichen, und kaufte teurer. Er schlief und schlief, auch wenn Besuch da war. Er hörte nicht mehr hin, wenn jemand sprach und sagte, er könne alles hören, aber nichts verstehn, sein Hirn sei lahm und könne nichts mehr fassen.
Ab und zu sang er noch, brüchig und schon mit kurzem Atem, und wenn wir klatschten, blitzte er auf und sang weiter und zwang sich Atem zu, bis die Stimme steckenblieb.
Gräm dich nicht, hat er der Mutter gesagt, als sie über sein Alter klagte, Altwerden ist dasselbe wie Sicherinnern.

Wieso soll eigentlich ich kommen? Wieso nicht die Sohnesfrau, diese Lotte? Die ist verpflichtet, die kann die Griffe, denn die ist Schwester.

Die Mutter sagt, er verlange nach mir. Was will er denn? Mich nochmal sehn? Was hat er davon? Ich sehe genauso aus wie an Weihnachten. Da hat er gesagt, ich sähe gesund aus, und meine Backen rotgekniffen. Er sah auch gesund aus, und ich habe es ihm gesagt, und er hat sehr gelacht.

Vielleicht hat er schon was gespürt und nochmal reingehaun und gesungen und einen langsamen Bärentanz mit mir getanzt.

Am nächsten Tag hat er Blut gespuckt, es weggewischt und gesagt, es sei Schokolade. Nachts hat er die erste Angst gekriegt und ist zur Mutter gekrochen und hat sie umschlungen wie vor 30 Jahren. Die Mutter hat sich geschämt und gewehrt und hat ihn weggestoßen. Aber er kam wieder gekrochen und immer wieder, wie ein Wahn. Da hat sie die Arme aufgemacht. Er blieb bei ihr, wurde still und konnte schlafen.

Am Morgen hat er wieder Blut gespuckt, und sie hat ihm die Schokolade nicht mehr geglaubt.

Aber warum verlangt er nach mir?

Er kann nicht wissen, daß er mich braucht, weil die Verwandtschaft ihn sonst wegschafft. Daß sie ihn aus dem alten Bette zerren will, in dem er schon seit 30 Jahren schläft, daß er nur in dem alten Bette sterben darf, wenn einer kommt, eine Stütze, irgendeine junge Person, die was verträgt, denn die Mutter hat kein Herz für Notzeiten. Es bricht immer gleich und kippt sie um.
Aber warum verlangt er nach mir? Die Schwiegertochter wär nah dran und ausgebildet. Er kann doch nicht wissen, daß sie ihn rausreißen will, wegschaffen, aussetzen.
Also warum läßt er mir nicht sein besseres Bild. Der Tod entsetzt das beste Bild, und der Ekel verbildet die Trauer und macht sie am Ende zwei Meter kürzer.

Ich mache die Augen zu, denn ich vertrage mein stetes Umfeld nicht, hier drinnen im Abteil. Und draußen flitzt die weite kahle Flur genauso haltlos wie in mir.
Sich abschließen! Sich verschließen den Täglichkeiten mit dem stieren, eckigen Blick; abgeschlossen gegen die Vernunft der Eisenbahnabteile. Und sich schützen vor der huschenden,

fließenden Heide, die einen reinreißen kann, in sich hinein, daß man am Ende selbst verschwimmt, ein Aquarellchen.
Ein Baum entzündet sich von selbst, hab schon davon gehört. Man könnte vielleicht losbrennen durch solche Reibung, wenn die Ruhe und die Stumpfheit an das spitze Reißen kommen. Zuerst schlagen Funken, dann kokelt es in der Brustmitte, züngelt im Schlund empor und loht hoch auf im Zentrum des Alps, und die ganze Frau brennt heiß ab, zu Asche, zu Staub, in Grund und Wurzel.
Ich habe Angst. Wahrscheinlich hätte ich keine, wenn der Alte keine hätte. Daß der welche hat, macht mich konfus.
Der Zug hält. Es ist A. Danach kommt B. Männer steigen ein.
Ich zwänge mich gern zwischen die Schultern verschwitzter Schläfer.
Die dunklen Fremden in den Ecken und die blonden Landsleute am Fenster dösen erschlagen hin und her. Die Köpfe haltlos nach vorn, mit offenen tropfenden Mündern.

Hat er nicht gesagt, er sei alt genug zum Sterben? Hat er nicht gegrinst und gesagt, daß er zu

nichts mehr tauge, daß endlich Schluß sein soll mit einem alten Schädling?
Und Ostern, auf dem Kirchgang, aus den Rentnergärten stachen erste Köpfe. Die Sonne schien. Ich hatte Lust auf Choräle und ging mit. Der Alte schwang den Stock und schritt weit aus. Ich hängte mich an ihn und fragte, warum er sonntags zur Messe gehe. Der Mutter wegen, hat er gesagt und mich gepackt und mitgerissen. Die Mutter kam nicht mehr nach, und wir waren die ersten in den Bänken.
Wenn der Alte wüßte, wovor er Angst hat, hätte er doch keine mehr. Wahrscheinlich schwant ihm was. Vielleicht deutet sich was an: manches färbt sich bläulich, manches rosa, manches glänzt mehr, manches wird matter.

Die Männer schlafen. Nur der Zug und die Totenstille und das Dunkel in der Zone von hier bis da.
Mir kommt die Erinnerung an eine Fahrt im Abendlicht weithin über die Grenzen der westlichen Welt. Im Fenster das Bild von dem Tag des Reiches, mitten drin in der Wildnis von starker Natur um und um. Doch im Dickicht lauern die Minen. Keiner tritt hier auf, seit 19

Jahren nicht und in die gröbste Unnatur hat die Natur ihr Nest gebaut und brütet ihre Jungen, unbedroht, in aller Stille. Droben auf der schwärzesten Halde blüht eine Birke, sie ist 19 und stark. Solche Birken kann keiner mehr fällen.

Die Männer frösteln und ziehen ihre Jacken enger.

Das geht vorbei. Der Zug kommt an. Es ist dunkel wie der Nachkrieg.

Ich tappe zum Bahnhofsvorplatz. Die Männer mit den fremden Sprachen sind wie Brei um mich, der abkühlt und sich verläuft.

Es ist kalt hier. Es ist Januar.

Ich kann zwar tun, was ich will, aber nicht wollen, was ich will – und tue Schritt um Schritt in Richtung hohes Haus.

Wieso ist das Licht an? Sie machen doch sonst nie Stubenlicht an. Ich wußte gar nicht, daß sie eins haben. Und was machen sie im Winter in der Stube? Sie sitzen doch sonst immer in der Küche und nutzen die Wärme vom Herd.

Vielleicht hat der Alte soviel Angst, daß er jedes Licht braucht. Oder er liegt nicht im Schlafzimmer sondern in der Stube, auf dem Sofa, denn das Schlafzimmer ist hinter der Stube, weit weg von der Mutter, wenn sie in der Küche steht. Oder der Arzt ist gekommen, und die Mutter hat ihn in die Stube geführt und die Heizung aufgedreht. Oder es ist schon alles vorbei, der Alte liegt schon aufgebahrt, alle sind da, das Stubenlicht ist das Totenlicht.

Donnerstag. Gleich 19 Uhr. Ich gehe hin.

Still wie um die Mitternacht und dunkel wie von Gaslicht. In dieser Siedlung sitzt das Alter und wartet sparsam auf den Tod, hat die Siedlung besetzt und ist sogar ins hohe Haus gekrochen. Droben, wo Licht ist, ist der Alte, und in ein paar Minuten steh ich da und weiß für keine Möglichkeit ein Wort.

Wenn er schläft, ist es gut, aber wenn er wach ist und mich ansieht?

Oder er stirbt schon, die Mutter weint und klammert an seinem Fußende.

Oder wenn er überhaupt nicht stirbt, sondern nackt und breitbeinig sitzt und mich anblafft, und ich erschrecke, und da lacht er sich tot?

Wenn er aber wach ist und ernst ist und mich fragt, was aus ihm wird?

Das Licht im 12. Stock. Kein Schatten regt sich darinnen. Das Licht ist mir nicht geheuer. Es

brennt, als brenne es ewig und nie ab und hell auf und zwingend und viel zu weiß.
Die andern Fenster sind dunkel. Die Anderen sitzen auf der andern Seite in ihren kleinen Küchen um den Herd. Nur die paar Einsamen haben die Heimkehrerlichter im Fenster stehn, die unruhig flackern.
Rundum ist alles betoniert, so grau im Mondeslicht, verführt zum Bauchaufschneiden, in dieser öden pubertären Leere. Ich ziehe mir am Automaten drei Nuts und esse sie bissig auf einmal.
Der Eingang ist auf der Rückseite, in der Hinterwand, dort wo die Küchen sitzen. Wind saust in den Vorraum. Im Aufzug hängen die Folienfetzen und flattern wie Floris Tapeten im Wind, im heißen Luftzug, den die Automatik macht. Ich reiße zwei davon lang und spitz ab.
Doing, das Ding hält. Es scheppert auf, und ich steige aus, programmiert und exakt, Teil dieses spärlichen Automaten.
Der Flur ist finster. Die Tür fährt zu. Der Automat fällt zurück in seinen Rhythmus. Ich taste nach dem Lichtknopf. Etwas kommt mir unter die Finger, und ich drücke es. Das Neon zuckt heran. Ich werde geborgen im kältesten

Licht und gehe grade den graden Gang nach und komme zu der Tür und klingle.

Liebe Mutter, da bin ich ja!
Der Flur ist dunkel. Das Licht fällt aus dem Glas der Stubentür der Mutter in den Rücken. Später erst scheinen ihre Augen so blau und so gerade zu mir her.
Sie bleibt stehn und spricht nichts und sagt nichts. Auch aus der Stube kommt die Stille.
Ich hänge meinen Mantel an den Haken.
Du wirst Hunger haben, sagt sie und geht in die Küche und macht Licht und bindet sich die Schürze vor. Sie hat die alte schwarze Winterwolle an. Das kratzt.
Ich gehe ihr nach und setze mich auf den Stuhl und sehe ihr beim Hantieren zu und gehe für eine Weile darin auf.
Wie man die, die man kennt, doch mit gewissen Gefühlen gleichsetzt, die einen in ihrem Feld befallen. Manches Gefühl ist nur ein Geruch, ein Schwaden und mischt sich mit einem Gehör, einem Klingen zu einer ganz eigenen Kenntnis vom Anderen.
Die Mutter ist schwer und breit und wie sie greift, das juckt mich.

Sie stellt stumm das ewige Essen der Alten vor mich hin, die Mehlwurst und den Käs und den Laib feuchten Brots.

Ich esse lange.

Willst du den Vater jetzt sehn?

Wir räumen die Reste weg, waschen die Hände und trocknen sie, und die Mutter bindet die Schürze ab.

Man verhärtet sich, stoppt, fließt nicht mehr, verformt sich und gerinnt. Klammert, sitzt fest, würgt, reitet, erdrückt sich. – Aber nein! Der Alte lacht! Gebißlos und selig wie der Säugling. Dein Milchbruder. Er erkennt dich, lacht dich an!

Ich steige in das Zimmer ein. Das Vertrauteste bedrängt mich: die begriffenen Wände, das besessene Sofa, die bedrückten Kissen, der belegte Tisch, die Aloe, prächtig und saftig.

Neben dem Vater sitzt der Sohn. Er ist stumm wie der Fisch und hat den tragischen Blick drauf.

Der Alte lacht immer noch herzlich, bis ihm die Luft ausgeht, bis er schluckt und sich abwürgt. Die Mutter und der Sohn fahren hoch und zerren ihn vor, bis die blauen Füße über die

Bettkante rutschen, aufs blanke Linoleum, bis er sitzt.
Er sitzt mir gegenüber und sieht auf mich. Er hält still, und ich muß standhalten. Ich kratze mir in Sekunden ein Loch in die Haut am Hals. Sein linkes Auge zuckt ihm weg im Takt.
Ich möchte aussteigen.
Aber der Alte verzieht sein Gesicht und fängt an zu schnüffeln, als rieche er Mäuse, und spricht und hebt den Finger und sagt es in mein Gesicht: Das kommt aus dem andern Lager. Das nähert sich, kommt auf leisen Sohlen. Ich hab es gerochen, schon heut nacht. Nicht gut. Gar nicht gut. Aber ich bin jetzt klüger, spricht er listig und schnüffelt wieder und krümmt den erhobenen Zeigefinger und steckt ihn ins Ohr.
Da war eine große Bewegung, ein Rumoren aus einem anderen Zusammenhang. Ich habe mich mit dem einen oder anderen verständigt, und man hat mich bestätigt und beglaubt. Fortan habe ich Beobachtungen an meinem Körper gemacht: Blitzesstiche in der Brust. Das Blut wird gelblich, es gibt Klumpen in die Füß und zieht nach oben ein und trocknet und hängt ab, Stück für Stück und weiter – es geht, mit einem

Wort, er wendet sich groß an uns alle, – um die Umlagerung des Körpers.

Worauf er in sich zusammenkippt und haspelt und hippelt und klein rum macht und auf seine geschlitzte Hose deutet, auf der ein Fleck wächst, und greint:

Ich muß mal! und reißt am Hosenbund und jammert: Josef, Josef!

Die Mutter schreit nach der Flasche.

Das Bad ist eng und voll von verhutzelten Tuben.

Ich kann die Flasche nicht finden.

Ich halte mein Gesicht unter das kälteste Wasser, das kommt. Ich mache das Fenster auf. Der Nebel hat draußen gelauert. Die Mutter klopft.

Sie hat die Flasche im Schlafzimmer unterm Bett gefunden und ihm hingehalten, aber es sei nichts mehr gekommen. Schon seit 2 Tagen nicht mehr.

Trinkt er denn? frage ich.

Er verlangt immer nach Bier, klagt sie, und wenn ich komme, ihm die gute abgekochte Milch zu bringen, verbeißt er den Mund. Aber so mächtig sei der Durst schon, daß er das

Wasser aus dem Lappen saugt, am Morgen, wenn sie ihn wasche.

Ich frage, warum sie ihm das Bier nicht gibt. Er hat doch Zucker, sagt sie, und soll kein Bier haben, hat der Arzt gesagt.

Als obs nicht wurscht wäre, was aus seinem Zucker wird, sage ich und mache die Tür auf.

Sie fängt an zu heulen. Sie stellt die Flasche ab und geht in die Küche.

Ich sehe sie mit Bier zurückkommen. Ich höre wie die Flasche aufgeht, dann trinkt jemand, durstig, hastig, viel.

Es wird mir wohler. Eine kleine gelungene Verantwortung.

Da biegt der blonde Sohn, der Egbert, um die Ecke und sagt zu mir, er werde jetzt den Alten ins Schlafzimmer und das Bett von der Kammer in die Stube und das Sofa von der Stube in die Kammer schaffen. Mit dem Bett soll ich ihm helfen, sagt er und mißt mich. Ich mag ihn nicht und frage warum. Er kann nicht gucken und sagt darum.

Die Mutter tritt dazu und erklärt. Wir stehen zu dritt im Flur. Nebendran liegt der Alte. Das Haus ist still.

Sie sagt, das Sofa habe eine Kuhle, in die er

immer rutsche und dann kämen die Atemnot und böse Bilder und würden sprechen, daß er sterben muß, wo er doch wieder ganz gesund wird, ruft sie ihm laut um die Ecke rum und 2 Oktaven höher zu, wie einem Zwerg. Der Alte lacht die Tonleiter abwärts. Die Mutter sagt nichts mehr. Ich gehe in die Kammer und prüfe das Bett. Der Sohn kommt. Wir schleppen hierhin und dorthin.

Ich bleibe in der Kammer. An der Rückwand steht der erste Schrank, den der Alte im Westen gekauft hat. Die Türen sind aus dem Scharnier gerostet. Jetzt steht er offen als Regal für Einmachgläser und Büchsen aus dem Sonderangebot und für die Flaschen mit dem Saft, den die Mutter gepreßt hat. Neben dem Schrank der Nudeltisch, obendrauf dunkelgrüne Preßpappe, noch mehlig vom letzten Backen. Am Boden, in jedem Winkel, leere Flaschen, solche für die es keinen Groschen gibt. Links und rechts die Sofas an der Wand. Das eine, das immer hier steht, und das andre, auf dem eben noch der Alte lag. Dazwischen führt ein Schlauch Linoleum zum Fenster. Ein kurzer, lascher Vorhang, der gelb ist und durch den der Mond rein-

scheint. Das sieht falsch aus. Unwirklichkeitsgefühle kommen hoch und stecken sich in Brust und Hals.
Die Wand hat Karos, lila und hellgrün. Stumpfsinnig übereinander gestapelte kleine Felder, Labyrinthe.
Das Sofa des Alten dunstet noch. Ich will es nicht sehn und decke es ab. Mein Bett soll das andere sein. Und ich besetze es mit meiner Jacke.
Was ich mitgebracht habe, lasse ich im Sack und schiebe ihn unter den Nudeltisch. So bleibt mein Zeug am unberührtesten, so kann ich meine frische Wäsche bergen vor einem Übergriff.
Die Mutter klopft: Wirst du also schlafen gehn? fragt sie zwiespältig und zeigt Müdigkeit vor.
Nein! Ich will nicht schlafen.
Ich will in der Nacht nicht wehrlos liegen unter den Angststürmen, die über mich kommen, ich will es lieber sehen, wie es ist.
Ich mache die Nacht. Ich wache!
Kein Gegenwort. Sie nimmt an und geht.
Ich bin praktisch und ziehe warme Sachen an und binde meine Haare fest, daß nirgendwo was reingerät, sich verfängt, fault, stirbt an mir.

In der Stube brennt nur noch kleines Licht. In den Ecken hocken die Schatten. Der Sohn, dicht beim Lämpchen, sieht ältlich aus. Er wartet, daß er gehn kann. Das Schlafzimmer ist verschlossen.

Er schläft doch tief, sagt die Mutter ungewiß.

Ich reiße die Tür auf.

Der Alte wimmert. Er verdirbt hier. Ich mache das Licht an. Er hat offene Augen.

Im Türrahmen stehen Mutter und Sohn. Die Mutter löst sich und kommt. Sie streicht ihm die Stirn. Die Augen gehen zu. Die Luft steht still. Ich erschrecke. Er fängt zu schnarchen an.

Wir gehn. Das Licht bleibt an, die Tür bleibt offen. Wir bleiben in seiner Nähe.

Wir stehen zu dritt, ein Grüppchen. Nebenan schnarcht einer, der stirbt. Aber ich finde es im Moment gemütlich.

Die beiden reden. Ich bin müde, und Hören und Sehen ist achtlos und unscharf. Ich werde weicher, und da und dort löst sich was auf. Ich ließe mich gerne so ausgehn.

Aber die Mutter greift nach mir und sagt, ich soll mich neben den Alten legen, in ihr Bett hinein, und dann könnte ich schlafen und

müßte nicht wachen und wäre doch nah genug und greifbar, wenn was passiert.
Ja, ja! schreie ich und packe die Mutter und schüttle sie. Dann kriecht er zu mir, wenn ich liege und schlafe, wie zu dir, weil er Angst hat und denkt, ich wäre du.
Ich schüttle sie und schüttle sie. Die Mutter ist sehr blaß.
Der Sohn verdrückt sich.
Die Mutter sagt, sie gehe sich waschen.

Wenn einer allein ist, fängt er an zu rauschen. Bedeutungslos in der gegenwärtigen Stille zu stehn.

Das Wasser rauscht. Die Mutter wäscht sich.
Sie wird in meiner Kammer schlafen; aber ich will nicht, daß sie es auf meinem Bette tut. Sie muß sich auf das andre legen.
Sie kommt im Nachthemd über dem breiten Leib und ohne Zähne. Sie geht an mir vorbei. Sie klopft dem Alten das Bett und beugt sich über ihn. Dann geht sie wieder und kommt auf mich zu. Ich will sie nicht sehn mit diesem Mund. Aber sie kommt auf mich zu und will mich küssen. Sie ist auch schon alt und unschul-

dig. Ich gebe mich kurz hin. Sie küßt und geht.

Es ist halb 1. Die Stille zieht um Tisch, um Stuhl, um Hand und Fuß. Ich könnte mich rufen. Stattdessen horche ich angestrengt, wie die Nachtgeräusche sich aufblähn.
Und mein eigener Krach, das Blut, das Herz. Ich wollt, ich könnt die Schraube finden, rausdrehn, aus, Maschin kaputt.
Mir wird heiß. Ich muß auf den Balkon. Tapp, tapp, sie geht, macht die Balkontür auf, die quietscht, sie tritt hinaus.
Es ist kalt hier. Klar. Der Nebel ist davon, die Lichter leuchten. Das Steppenneon macht fahle Welt.
Matt und wächsern wälzen sie ihre Betten. Da drüben das Licht, geht wieder aus, geht wieder an, macht so weiter, lange, wie ein Signal oder ein Bild für Schmerz, der kommt und geht. Und einer liegt dort, ein einziger, und führt sich seine Not vor Augen. Oder er stirbt schon, und das Licht folgt ihm, flackert an, flackert aus, bis es erlischt.
Ich horche zurück in den Raum, es gibt kein Geräusch. Sicher schläft er.

Ich stecke eine Zigarette an. Der Wind pfeift mir das Feuer aus.
Es ist wie Kleinsein. Nichts ist vergangen. Ich denk ich spiel Versteck, und meine Blase kitzelt.
Nichts ist vergangen. Die Zeit ist nur ein Mißverständnis, ein wüster Traum, ein Firlefanz.

Ich glaube, da lacht er. Es ist wahr, er lacht. Liegt allein, weiß nicht, ob einer auf ihn hört, und lacht und lacht.
Nichts fährt aus dem Schlaf auf. Ich bin ganz allein mit dem alten Lacher.
Ich stecke den Kopf zwischen die Knie. Um mich heult der Wind. Der Balkon ist ausgesetzt, ausgesetzt dunkler Windnacht, toter leerer Welt.
Er lacht Kaskaden, alle gleich, unterschiedslose Gelächterteile.

Um 20 nach 2 gehe ich zu ihm.
Es ist nur einer, der fast keine Luft mehr hat und doch noch lacht.
Er merkt mich nicht oder tut so. Ich rufe ihn. Er kann nicht hören oder will nicht. Er lacht. Ich

komme nah. Ich fasse an. Ich rufe: Josef, Josef!
Ich muß schreien, daß er mich hört. Ich schreie: Josef!
Er lacht und lacht.
Ich halte meinen Kopf über seinen, damit sein starrer Blick mich fängt. Sein Atem stößt in mein Gesicht.
Ich krieche über ihn und packe ihn bei den Schultern und schüttle ihn und schreie: Josef! Josef!
Da hört er auf. Nimmt die Starrheit aus seinem Blick und fängt sich in meinem. Der Leib geht auf und nieder wie ein Maschinenkolben. Das ganze Hemd ist ganz naß. – Josef!

Um kurz vor 3 verlangt er nach Bier.
Der Eisschrank ist voll davon. Ich mache das Küchenlicht an und nehme 2 Flaschen raus. Eine für ihn, eine für mich. Dann mache ich das Licht wieder aus.
Seine Lippen sind gesprungen und verkrustet. Die Zunge rot und dick. In der Mitte ist gelber Belag drauf.
Ich halte ihm die Flasche vor. Er ruckt, aber kommt nicht hoch. Ich stelle die Flasche auf

den Nachttisch und nehme seine Hände und ziehe ihn, so hoch ich kann. Aber oben rutscht er mir durch die Finger und fällt schwer aufs Laken zurück und sieht mich erschlagen an.
Ich mache es noch mal, stemme den Fuß gegen die Bettkante, greife seine Hände, reiße ihn hoch und stopfe mein Knie unter seinen Rükken. Jetzt gehts. Jetzt kann er trinken, schlukken und schlucken, bis es ins Hemd läuft. Ich setze die Flasche ab und ziehe das Knie raus.
Jetzt pumpt er wieder, und das Auge flackert ihm weg.
Josef, gehts dir gut? frage ich beschränkt.

Josef, geboren im Böhmerland, von dem Elternpaare Ignaz und . . ., von Beruf Ackersmann das Leben lang, seines Zeichens Flüchtling.
Der Vater hatte den Hof gekauft, und der Sohn hat ihn ausgebaut. Er hatte Magd- und Knechtschaft, Weide und Ackerland und ein paar Stück Vieh.
Mit 60 hat er einmalig was gekriegt, weil er mit 50 den Hof den Russen hat lassen müssen. Davon hat er sich die Möbel hier gekauft. Von 50 bis 65 hat er auf fremden Höfen geackert.

Seither bekommt er die Rente. Davon spart er für die Söhne und teilt sich und der Mutter nur das Notwendigste zu. Das hält jung.
Jetzt steht er im 90sten.
Letztes Jahr war Goldene Hochzeit. Da hat er noch getanzt und einer Schwiegertochter hinterrücks das Ohr ausgeleckt.
Aber als er vor 3 Sonntagen mit der Mutter in der Kirche war, hat er zu ihr gesagt, daß es das letzte Mal gewesen sei.

Schiffen! sagt er.
Was mach ich? Soll ich die Mutter wecken? Ich drehe mich um mich selber.
Der Alte liegt fleckig in seinem Kissen und wimmert: Schiffen! und preßt sich mit beiden Händen die Röhre ab, damit er sein Bett nicht verdirbt.
Ich muß ihn aufs Klo schaffen. Den Rest soll er selber machen; und reiße ihn wieder hoch und wieder fällt er mir weg und reiße nochmal und stemme wie eben mit dem Fuß – ich reiße dir die Arme aus der Achsel! Er kommt hoch, und ich ziehe seine Beine übern Bettrand, bis er sitzt, vornübergesunken mit hängenden Armen. Ich packe ihn an und zerre ihn vor und stelle mei-

nen Fuß gegen seinen, daß er nicht wegrutscht, übers Linoleum und hinknallt auf der Eisesglätte und zerplatzt.

Jetzt steht er gerade in der Luft, er steht vor mir, nicht größer als ich, und schwankt und knickt und fällt über mich her. Wir stehen noch, der Pegel läuft Millimeter zur anderen Seite, schlägt dann plötzlich aus, und es haut uns um, ich falle über ihn in die Kissen.

Er ist bleich und schweißnaß.

Komm hoch und setz dich. Du kannst nicht aufs Klo. Wir nehmen die Flasche.

Die Mutter hat sie bereitgestellt. Ich taste in seinen langen Schlitz.

Guck doch weg! Sieh mich nicht an!

und kriege es zart und weich zu fassen und stopfe es in den Flaschenhals.

Es sieht jung aus, schuldlos und reizvoll und gesund.

Seine Hände fahren dazu und fassen über die Flasche, es abzudecken. Aber er kann nicht. Es kommt nichts. Er ist die Flasche nicht gewöhnt.

Das hellere Wohnzimmer, plötzlich nimmt er es auf und lacht und lacht und spricht:

Das ist ja unsere Stube – was hat er nur

geglaubt, wo er ist – schön hatten wir's uns gemacht.

Er sagt die Vergangenheit und sieht hin und her und erinnert sich wieder an den Schrank und den Tisch:

Das gehört alles uns –

und sieht mich an dazu, als sei ich die andre Hälfte von diesem Uns, wendet sich mit einem Mal weg von dem Licht und faßt mich grob bei der Hand und spricht:

Ich hab was anderes in Aussicht. Ich will verkaufen. Kaufst du ab?

Was denn, frage ich.

Mein ganzes Hab und Gut.

Und weil ich nichts zu sagen weiß, winkt er ab:

Ich hab schon verkauft, es ist erledigt.

Und stößt die Flasche weg.

Und läßt sich fallen. Das Bett kracht. Der Alte liegt starr und ablehnend. Ich wuchte seine Beine wieder hoch. Die Füße sind bläulich zersetzt. Ich ziehe die Decke drüber.

Der Atem wird ruhiger. Ruhiger und bald wie gar nichts.

Die Nachtstille wird gewalttätig und hinterhältig.

Ich gehe die Hände waschen.

Wie ich zurückkomme, hat er ins Bett gemacht und wimmert wieder und spricht:
Ach, du guter Gott, dann werden wir rumschwimmen wie die Fischlein im Wasser!
und sieht mich an und fragt:
Bist du auch ein Fisch?
Und wie ich sprachlos den Kopf schüttle, sagt er gesetzt und an mir vorbei, hinein in die Dunkelheit an der Decke:
Da schwamm ein Fisch das Wasser entlang.
Josef! –
Ja, sagt er.
Ich muß dich trockenlegen! –
Ja, sagt er.
Alles ist naß und muß weg. Er aber ist woanders, merkt nichts, liegt hier, weiß und nackt und kann ganz genausogut jung heißen.
Ich trockne ihn und wickle ihn in weiße Laken und lasse ihn schlafen.
Er schläft und schnarcht. Ich hocke mich auf den Boden am Bett. Das Licht flackert leicht, obwohl es so elektrisch ist.
Ich trinke sein Bier aus.
Hör doch auf, Josef. Mach dein Mund zu! Wenn du ihn aufhältst, fallen die Wangen, und

die Nase wird spitzer und leblos, ein Dreieck und fremd.
Ich zupfe an seiner Decke. Er folgt mir wie der Mutter jede Nacht und klappt den Mund zu, dreht sich schwer und schläft still weiter und weiter.
Auf der Decke liegen seine Hände ausgebreitet zum Mitatmen. Weicher und breiter und weißer sind sie geworden. Und auf der Mitte sammeln sich die Flecken.
Fremde Zeit ist die Nachtzeit. Weit, ohne vorstellbare Schranke. Die Röhren knattern und rattern. Der Wind weht. Das Hochhaus knarrt in den Scharnieren.
Der Alte schläft tief und stumm.

Der erste Zug pfeift und fährt durch mein Ohr. Die Nacht ist vorbei, die Züge kommen. Bald kommen noch mehr Züge, und das Grauen wird heller und erfaßt die dunklen Ecken.
Es ist 7. Ich kann die Mutter wecken.
Ich komme ihm noch einmal nah. Er sieht mich an. Warum siehst du mich an? Schläfst du mit offenen Augen? Oder bist du gestorben und tot? Nein, er atmet. Seine Augen leuchten im ersten Licht.

Lacht er für mich?
Oder will er was? Das ist jetzt ihre Sache. Es ist 7. Ich wills nicht mehr wissen, ich gehe.

Sie fährt zusammen und springt hoch und steht vorm Bett und sieht auf mich mit weit aufgerissenem Entsetzen. Ich beherrsche mich und beruhige sie und sage ihr, daß er schläft. Sie steht verstört, spricht Abgerissenes.
Was soll ich ihr erzählen. Ich will meine Ruhe und sehe jetzt erst, daß sie in meinem Bett geschlafen hat.
Ich könnte heulen. Kein Fitz mehr eigenes.

Sie steht im Bad und wirtschaftet schrill. Morgens klingt alles schrill, wenn man die ganze Nacht gehorcht hat. Ich gehe in die Küche und esse in mich hinein.
Die Mutter kommt vom Bad und hat dunkles Zeug über. Noch lebt der Mann, sage ich mir und klopfe mechanisch auf den Holzküchentisch und gehe an ihr vorbei, mich zu waschen.
Das Wasser ist heiß und kalt, der Mann ist jung und alt – schläft er? Wacht er? Die Eisvögel zwitschern.

In die Kammer kommt von draußen Licht rein. Es gibt keine Jalousie, und die Autos fahren haltlos um die Ecken. Stecken bleiben sollen sie, Blechberge, Abgasmüll, stille Fetzen und wehen wie Floris Tapeten im Wind.
Ich will schlafen! Ich kann wählen zwischen meinem Bett, in dem die Mutter geschlafen hat, und dem Sofa vom Vater, auf dem das andere Bettzeug matt ausgestreckt daliegt. – Es stammt noch aus der Heimat und die Federn sind von ihrer Hand gerupft, und auf der Flucht trugen sie es auf dem Rücken, und man sieht es ihm an, dem Zeug, daß es überall war.
Ich krieche in die laue Wärme der alten Frau. Es wird vorübergehen. Ich werde selber Wärme machen, dann ist es meine eigene.
Ich krümme mich, fühle kleine Spitzen, taste rauhes Geweb, sehe einen Raum unterm Augendeckel, schmecke mein Fleisch, rieche allerlei, schaukle irgendwann mit langen schweren Beinen in irgendwelchen planen Träumen auf und ab.
Und höre halb und halb wie sie zusammen sprechen. Und ist er also nochmal hochgekommen aus seinem Bett und läßt sich von ihr führen, den langen Weg zum Klo, und höre sein

Tapsen und die Vorsicht und die Angst und wie er schwer niedersitzt auf der Klobrille. Es klingt hohl, was sie sprechen, aus Leerräumen und Vergangenheit.
Später ist wieder alles still; und wie er hochgekommen ist und ob sie Hilfe gerufen haben, ist verschlafen und kreist mir durch den Kopf.

In der Stube sitzt der Alte auf seiner Bettstatt, vornüber auf die Knie gestützt, über ihm hängt der Kreuzkristus, mit den frischen Katzelreisern zum Heiligenschein. Er sieht am Boden rum und mißt die Muster aus und zeigt nicht, ob er mich merkt und kennt.
Die Mutter kniet vor ihm und will ihm die Klöße reinschieben. Weinend sieht sie zu mir und spricht:
Er mags nimmer, wos doch sein liebstes Mahl gewesen.
Und verwendet die endgültige Vergangenheit dazu. Da schlägt er sich in sein Gesicht und weint mit ihr und schlägt nochmal und spricht:
Wo doch der Zwetschgenknödel sein Lieblingsmahl gewesen ist.
Ja, sagt die Mutter weiter, und er konnte ihrer

30 essen und beim Wettessen mit der Knechtschaft 40 und 50 –
und versucht nochmal, ihm einen reinzuschieben. Da schlägt er ihn ihr aus der Hand und prüft gleich wieder die Bodenmuster, schluchzt, nimmt sich zusammen, dreht sich mühselig weg, zeigt, daß er will, daß nichts war.
Wir tragen die Knödel aus dem Zimmer und essen sie in der Küche im Stehen aus der Hand.

Durch den Schacht in den Supermarkt. Ich will dort kaufen. Ich will nicht fahren. Ich steige schwindlig die 100 gewundenen Stufen hinab.
Ich könnte jetzt weitergehn, fort von dem hohen Haus, vorbei an den 5 starren Pappeln, untertauchen in die Buden und Attrappen, mich einschlürfen lassen.
Ich weiß doch, wie sie da droben beieinandersitzen und wie sie seine Hände hält und prüft und sieht, wie sich die Flecken mehren, die Adern steigen, und sie streicht die blauen Fingerenden ihm heftiger.
Hier unten ist es kahl und verheert, aus den 4 Ecken tönen deutsche Lieder, machen haltlos,

und wir vergessen die Preise und wanken durch die Waren und wühlen in Blech und Bohnenstroh.
Ich nehme die Büchsen in Kauf und stelle mich in die Reihe der Rentner.
Der Alte hat gefragt, ob die Totenscheine schon bestellt sind, und sie hat gefragt, welche und er hat geantwortet:
Für dich und mich die.
Es ist lang her, daß er sich so mit ihr in eins gedacht. 3, 4 Tage und die stillen Nächte haben sie geschieden. Jeder trieb woanders hinein. Er rückte ab und ließ sie sitzen, teilte nicht mehr mit, nahm sie kaum mehr wahr.
Sie aber wird sitzen bleiben als sein Rest und sitzt und sucht im Kreis herum, und wieder betet sie und kann doch die Gedanken nicht bei den heiligen Wörtern halten und denkt und wandert, in dem, was wird. Und sieht ihn neben sich und hängt sich an sein Bild und weiß doch, daß es morgen gilben wird und blättern, und verschwindet in die Küche und kratzt in den Töpfen.
Ich nehme meinen Teil, bezahle dafür und steige wieder hinauf. Wie ich reinkomme, nennt er mich beim Namen.

Wir sitzen in der Stube am Tisch. Er schläft. Wir trinken Kaffee. Wir flüstern. Die 5 Pappeln starren uns ins Fenster. Es dämmert schon wieder.
Nachher soll der Freund kommen. Die Mutter räumt und richtet, kommt mit seinem Gebiß, wickelt es aus den Lappen, will es ihm einsetzen, damit der Freund ihn besser sehen kann.
Er schläft halb und elend, hängt nach links über und sackt, wie wir ihn hochziehn. Sie hält ihm ein Bier hin. Er ist bedrängt und wehrt sich, zieht sich weg.
Sie kniet nieder und drückt ihm den rosenroten peinlichen Wachskranz mit den Oberzähnen zwischen die Kiefer. Er wimmert. Sie schiebt und stößt, bis ihm weh der Mund aufgeht und das Ding ihm quer drinsteckt. Da nimmt er es an und saugt und lutscht es wie einen Kringel.
Wir lassen ihn und legen ihn wieder. Er aber wird bläulich, fährt sich über den Leib, und wenn er Luft hat, jammert er. Wir sind ängstlich, wir halten uns die Hände.

Der Freund kommt, läßt sich beim Bette nieder, spricht nicht, sieht sich stier auf den Fuß, zitternd vor Schlagfluß, schütter und ganz aus gelblichem Weiß an Haut und Haaren. Josef schläft.

Dann spricht die Mutter, gibt ihm Selbstgebakkenes und süßen Wein und nötigt ihn lange, bis ihm der Speichel aus dem Mund fließt und er den Sterbenden vergißt und ißt und ißt und trinkt, spricht nichts, leckt sich die Finger, bis das Süße weg ist, sinkt zurück und wird stier wie zuvor.

Ich beuge mich und rufe ihn an und frage nach dem Arm, der ihm in einer Schlinge hängt. Er ruckt und knarrend beugt auch er sich und spricht mir von der Kirschenzeit, in der der Arm ihm brach und seither hängt und schmerzt, und er fängt an zu knottern, daß er nicht liegen könne und nicht schlafen, durch diesen Arm und wendet sich und sieht zu Josef, seinem Freund, zum ersten Mal und will ein Witzchen machen und greint, daß dieser viel gesünder sei als er, da dieser schlafe.

Und er auch keine Taschen tragen könne, spricht er mir wieder zu, und keine Pflege mehr betreiben, an seinen eigenen Gliedern nicht und seine Frau nicht führen, denn die sei blind.

Und warum die Frau nicht mitgekommen sei, frag ich. Da beugt er sich noch mehr und sagt

verhohlen, mit halbem Blick zu dem, der schläft, daß sie zu weibisch ist und nie zum Sterben geht und jeden Tod vergißt.
Und wenn wir dran sind, sagt er und kommt mir zu nah und starrt sich fest auf meiner Brust, hilft keiner uns.
Ich laufe weit weg zum Fenster, draußen gehn die Lichter an. Es ist alles wie gestern und morgen, und die Weite und Fragwürdigkeit zieht mir das Herz krumm und klein.
Und der Freund steht auf, streckt über das Bett seine heile Hand, sagt:
Josef, machs gut, Josef –
zieht sie zurück, und die Mutter steht die ganze Zeit daneben und windet sich die Hände in der Schürze umher, und hinter ihm geht sie aus dem Raum. Von draußen höre ich Schluchzen. Nicht sie ist es, er.

Um 7 schrillt das Telefon. Wir fahren hoch. Josef hats auch gehört und sieht suchend durch die Stube. Es ist der Sohn, der nicht mehr kommt. Er schreit der Mutter ins Ohr, als höre sie schlecht, dabei sind es doch nur die Augen. – Er sei eben erst nach Hause gekommen, der Berg sei gefroren. Der Wagen sei abgerutscht.

Jetzt sei es zu spät für ihn und die Lotte.
Es rauscht in der Leitung.
Josef ist wieder eingeschlafen. Der Abend schleicht fort.
Meine Haut ist trocken und spannt. Mein Körper ist ein Fremdkörper. Wenn ich gehe, stoße ich an.
Josef liegt wartend, versunken in seine Leiden. Sein Leib lädt aus. Er kann nicht mehr aufs Klo und nimmt die Flasche nicht und läßt nicht unter sich, und es beginnt in ihm zu gären und zu jauchen.
In der Küche steht die Mutter bei kleiner Flamme am Herd und kocht uns breit und stumm die Nachtsuppe.

Dann soll er noch einmal hoch, denn sie hat Angst, daß er sonst nie mehr hoch kommt. Wir zerren wieder an ihm. Wir schlingen seine Arme um unsre Hälse. Wir zwingen ihn bis hin zur Aloe. Der Alte tritt mit blauen Füßen, die heute zarter sind, verstört umher. Er klammert sich und hängt und würgt uns ab. Bei der Aloe kriegen wir ihn nicht rum. Er bleibt und starrt sie an mit ihren Stacheln. Wir drehen uns in seinen Armen und schleifen ihn, der hinten keine Augen hat und vor Ungewißheit aufstöhnt, rückwärts zum Bett zurück. Dort entgleitet er uns, knallt hin und kommt nimmermehr hoch.

Irgendwo schaltet sich was ein oder aus. Das Rauschen ist weg. Ich sollte ihm lieber ein Bier bringen. Er fährt hoch, wie ich ihn antippe. Halb sieht er mich, halb nicht. Ich halte ihm die Flasche hin. Er trinkt sie restlos.

Die Mutter kommt im Hemde. Sie zieht die Decke über ihn und klopft und klopft sie glatt. Dann geht sie in die Kammer.

Ich bin ergebener und treffe keine Vorbeugung. Ich sitze eingezogen in einen weiten inneren Bereich, zur Zeit ohne Feindschaft und in Zufriedenheit. Horche dann und wann nach seinem Atem, der stockt, hält, aussetzt, wiederkommt. Ab und zu kratze ich am Tisch, um nachzuprüfen, ob ich noch funktioniere.

Fühle mit einem Mal Stillstand. Horche auf, nach außen. Sein Atem ist aus.

Ich reiße dir die Arme rauf und runter: Josef, Josef! komm doch wieder zu mir.

Atemlos sieht er mich an. Mit den Händen beide Hände packen und hoch, hochziehn,

hoch übern Kopf und mit der Stirn deine Brust drücken und wieder drücken, damit neue Lungenblasen aufgehn. Ein feiner Luftzug trifft mein Haar. Ich höre nicht auf, ich mache weiter, rauf und runter.
Josef: du wirst nicht eher sterben, als bis sich deine Brust ablöst vom Herzen und das wird sichtbar werden, und ich sags dir dann rechtzeitig, dann bist du vorbereitet.
Er kommt wieder. Er hat es gepackt. Er ist nochmal da. Da liegt so einer in Fleisch gewikkelt und atmet wie jeder jeden Tag.
Meine lahme Seele ist am Ende. Ein Gebet beten tut sie nicht. Ich bin patschnaß. Ich hocke mich heiß und stumpf aufs Linoleum und glotze auf den Protagonisten da.
Ich trinke sein Bier. Ich erhebe alles zum Genußmittel. Ich trinke. Es wird schon wieder beschaulich. Ein weiches unpersönliches Wohlgefühl überschwemmt mich. Der Alte schläft.
Ich gehe in die Küche und rauche und lasse ihn mit seinem Atem allein. Ich habe kein schlechtes Gewissen. Selbst der Kampf von eben wird mir in der Gewißheit, ich hab gesiegt, zu einer Lust.
Da schreit er: Licht!

Ich lasse alles fallen und renne hin.

Licht! Licht! schreit er und: Wer soll das bezahlen?

Was denn? frag ich.

Das Flutlicht.

Und dann leise und staunend mit weitem Blick für eine Schönheit, die er an der Decke sieht: Müssen wir das bezahlen, oder kriegen wir das geschenkt?

Was denn? frag ich.

Was aufblitzen tut, sagt er und zwinkert unter den Blitzen.

Ich halte seine Hand. Ab und zu verlangt er frisches Wasser. Er mag kein Bier mehr, sagt, es habe einen andern Ausdruck. Wahrscheinlich schmeckt er jetzt das Bittre wie als Kind.

Er spricht viel, fragt viel. Fragt nach den vielen fremden Leuten, die er um sich sieht und was passiert, wenn unsre Sonne nicht mehr aufgeht, fragt, ob ich auch ein Fisch sei und meine Mutter, wie die aussieht, wie ein Fisch? Wird bald stille, wohl weil ich ihm nichts sagen kann, woraus er hört, daß ich verstehe. Beinah schon schlafend fragt er: Ist die Ewigkeit langweilig? und schnarcht weg.

Die Unzulänglichkeit zum Beispiel des Handhaltens. Plötzlich juckt es mich am Hals. Ich lasse seine Hand los und kratze mich. Ich weiß, daß das für ihn einen Verlust bedeuten kann, eine Unsicherheit im Schlaf, kratz mich aber trotzdem.

Ich werde selber müde. Horche seinem ruhigen Atem nach, schwimme ab und auf damit, nehme ihn hinein in mich und meine Brust. Was spürt man, wenn man die Form verliert? Vielleicht stirbt man gemeinsam. Vielleicht ist man nur zwei im Leben, und im Tode fließt man wieder ineinander, breitet sich aus, nimmt alle auf und jeden, läßt Raum und Zeit und was es sonst noch gibt, in sich hineinrauschen wie einen Sausewind.

Ich wehre mich, wehre mich noch und rutsche schließlich doch in was hinein, eine Schlafblase, das Feuer wird gerieben, eine Heimsuchung:

Denn neben das Haus, links, wo der Weg zum Hintergarten führt, haben sie sie hineingeschmissen, meinen Onkel, meine Tante und meinen Bruder Abril, vollkommen zerrissen und verstümmelt, blutig, riesig wie Ruinen, Scheusale.

Ich hab mich ins Haus geschlossen und nach

hinten verkrochen und verschanzt und alles vor die Wand gebaut und gestapelt. Es wird Nacht. Ich will die Läden runterlassen. Einer klemmt. Panik! Von draußen darf nichts rein. Der Außenbereich ist Magie. Das von der Wand sitzt schon in den Zweigen. Ich reiße am Laden. Er reißt oben ab. Ich reiße mir den Gürtel runter, steige aufs Fensterbrett, binde den Laden damit fest an seinen Sprossen. Oben kommt noch ein Spalt von dem Schwarz durch, aber der Gürtel hält und reißt nicht. Ich renne zurück in die hinteren Zimmer, lasse die Tür auf, setze mich dort, weil ich von da sehn kann, was auf mich zukommt.
Die Nacht brütet was aus. Ich zittere in meinen glatten Decken. Ich habe nur kleines Licht an, damit, wenn irgendwas aufbricht und die Nacht eindringt, ich nicht geblendet bin von zuviel Schwarz.
Hellwach und schwer von Beherrschung, mit dem Rücken an der hinteren Wand, spüre ich, daß etwas draußen an dem Stein vorbeistreicht. Ich fahre hoch, wische, reibe mir den Rücken, und erst als ich frage, warum, fällt mir ein, ich hatte gedacht, er könnte blutig sein.
Ich setze mich in die Zimmermitte. Wie Zell-

wolle dämpft die Luft um mich herum die Gefahr von draußen. Ich sitze aufrecht.
Am nächsten herrlichen Morgen ging ich aus dem Haus. Die Sonne lag auf jedem Blatt und blendete. Die Luft war rein. Nichts roch. Ich verriegelte die Tür. Alles soll bleiben wie es ist im Haus. Nichts soll dazukommen und sich einschleppen.
Ich ging die Treppen zum Hof runter und weiter in Richtung Straße. Ich sah sie natürlich, aber sie schienen mir eher wie Steine im Sonnenlicht. Auf der Straße traf ich meine Schulfreundin Roswitha.
Ich hatte sie jahrelang vernachlässigt. Sie war kühl, obwohl sie mir ins Gesicht sah und, da sie mich kannte, sah, was mir war. Und so zwang sie mich zu bitten: Komm heute nacht in mein Haus, damit ich nicht so allein, allein.
Sie ging. Sie ging über das Ende der Straße weit hinaus. Ich stand auf dem sonnigen, leeren, gewölbten Fahrdamm. Keiner sonst. Keiner mit mir. Einon ist in Amerika, Vincent bei den Hunnen und ob Roswitha kommt, weiß der Kuckuck, und hinter mir kleben die blutigen Trümmer meiner Familie, die aggressiv werden können.

Mir wurde klar, daß ich, im Verhältnis zu den Erfahrungen, die ich machen mußte, nicht fest genug organisiert war für dauerhaften Widerstand.
Ich ging zurück in mein Haus. Ich ordnete dort alle Kammern, stieß die Fenster auf und zwang mich im Augenschein meiner blutigen Familie zu Mittag zu essen. Wider Erwarten ging das. Später riß ich sie von der Wand und begrub sie. Dann nahm ich mein altes Leben wieder auf, was so und so war und ablief wie am Schnürchen, schwarz, weiß und so weiter – der Traum löst sich von selber auf wie eine Falte – viele langhaarige Seelen gebiert die Nacht – heillose Felder, kranke Blüten im Korn.

Ich sehe, wie er mich betrachtet, und ich erwache.
Liebling, was siehst du mich an. Wie verwirrt ich bin – es ist der Alte, Josef, Josef heißt er, hat schweren Atem und streicht mir die Hand.
Wie lange schon? – Hat so einer nicht mit sich selbst genug?
Mit offenem Angesicht sieht er mich an. Er ist mein Partner diese Nacht. Er schützt mich vor den Anstürmen und den Hohlräumen, die sich

mit gelbem Zeug anfüllen, bis sie überlaufen von den vielen Dingen. Und jedes Ding kann uns gefährlich werden. Tote Dinge schlafen nicht. Dinge sind tot und schlagen trotzdem zu. Ich muß nur bei ihm bleiben, in seiner Hand, dann wird mir nichts geschehn.

Aber von dem hellen Licht fliegt mir ein Falter ins Haar und verstrickt sich und erstickt sich vollkommen verwirrt in meinem Kopf. Er geht nicht mehr weg. Auch er klebt. Ich gehe ein. Da rappelt Josef sich aus seinen Kissen und pult ihn mir aus den Locken und wirft ihn auf den Boden und weht ihn unters Bett.

Ein kleiner kalter Mond wird aus meinem Herzen herausgeschleudert und rauscht mit rasender Geschwindigkeit ab ins All und da in dem Schwarzweiß ruckelt er sich zurecht wie ein Hund auf der Wiese und rastet in seinen angestammten Platz.

Na, was machen wir denn jetzt – komm doch her, sagt er und züngelt nach mir. – Die hat hübsche Augen, die Katze. – Tust du auch fleißig melken?

Das Ungereimte kommt auf mich zu, er wird jünger, kommt auf mich zu, nimmt mich, zieht mich hinein in seine Zwischenwelt. – Es ist heiß und schwielig – Halbmaterie – halbe Bilder – Hast du auch fleischliche Augen und siehst mich, wie ein Mensch sieht, frage ich dich? Zum kommenden Reich Christi gehört die Auferstehung des Fleisches, antworte ich dir.

In der Vorzeit, als der Niemandssohn am Meere ging, fand er die Leiche eines schönen Mädchens, mit der verkehrte er. Als das nicht mehr ging, begrub er den Leichnam und verübte Selbstmord.

Du ziehst falsche Schlüsse, sagt er und strahlt mit seiner Jugend.

Aber die Zukunft ist uns nur eine Landschaft im Wasserspiegel, sage ich verzweifelt und befallen von seiner Schönheit, und es kommt eine Liebe wie eine uralte Erinnerung, in alle Äste und Verzweigungen und besetzt mich.

Es ist ein Höhenflug, ein Sonderflug. Hier fragt er noch alt und halbtot: Wo ist denn die? Und dort faßt er mich an und tritt mit mir hinaus aus meinem Sternenschicksal.

Sein Geschlecht ist so jung wie er. Sein Herz schlägt in meiner Brust. Ich liebe ihn, und wir rennen viele Dörfer weit.

Hinterher ist er ausgeschüttet wie Wasser und liegt wie ein Gelähmter und stößt den Atem von sich. Ich steige zu ihm ins Bett und knie mich neben seine Brust, wuchte seinen Rücken hoch und schiebe ihm mein Knie unter. So wird es besser sein mit deinem Atem.
Wo ist denn die? sagt er noch mal und tastet nach meinem andern Knie. Dann verstummt er und hat Mühe zu überleben.
Ich starre auf Josefs Brust, und mir ist, als wüchse sie zusehens wie sein Bauch, der die Decke hebt, und unten sind die kleinen blauen Füße nackt und kalt. Aber ich kann hier oben nicht weg, sie zu wärmen, sonst rutscht er ins Kissen, und dann drückt das Gewächs ihm die Luft ab.
Mein Knie schläft ein, wird taub und kalt unter dem heißen schweren alten Rückenstück.
Das tote Gestirn scheint durchs Fenster dem Mann ins Gesicht und macht ihn so bleich, wie meine Angst ihn ahnt.

Da kriecht der Krebs ans Licht. Zur Nachtzeit rückt er mit sich raus, zur Nachtzeit, wo jeder sich die falsche Farbe abschminkt und nichts von seiner Abart mehr versteckt.

Es dehnt sich eine lange Weile. Da sitzt er, mir gegenüber, mittendrauf auf Josefs Brust. Und Josef schläft, bedrängt vom Tod, in der Gestalt, die rausgekrochen kam.

Ob das da etwas Menschliches ist, etwas aus der Natur?

Ich bin gewarnt durch Josefs Not und kenn die Wucht, mit der der falsche Bruder plötzlich losschlägt. Ich bin auf dem Sprung und ziehe mein Knie zurück. Josef rutscht tief in die Federn und rührt sich nicht und der, der auf ihm ist, macht ihn nach. Und ich denke, wenn der Mann eingeht, muß auch der Krebs eingehn, und da kommt ein Mitgefühl für die Zerstörung.

Und ich höre, wie er spricht und er sagt was mit einer Lieblingsstimme, aber ich kann ihn nicht verstehn. Ein Sehnen regt ihn auf. Er wogt auf und nieder auf der schlafenden Brust, seinem Nest. – Und da beginne ich mit ihm um das Leben des Anderen zu handeln.

Wenn du langsam wächst, lebst du länger, sage ich.

Erst handle ich ihm Tage ab, dann Wochen und dann ein Jahr, bis nächsten Januar.

Aber der Alte ist nicht mehr bereit, auf diesen

Rückzug einzugehen und spricht: Ich danke ab. Und es ist endgültig. Der Krebs muß enden in den nächsten Tagen, zusammen mit Josef, der es so will.
Ich werd bald 100 Jahre alt und hätt gern meine Ruh und müßte auch ein Esel sein und länger leben und außerdem, sagt Josef, möcht ich jetzt nicht mehr mit dir tanzen gehn.
Und dreht den Kopf weg von mir.
Seine Wand hat weiße Muster, der Kreuzkristus hängt ihm zu hoch. Er fährt die Muster ab mit einem Auge. Das andre tränt. Fährt sie ab und verfährt sich, findet keinen Rückweg, knäult, verwirrt und bäumt sich in diese kalkweißen Räume.
Er scheint zu sterben. Ausgerutscht auf dem Muster, hingeschlagen, liegengeblieben. Er ist erledigt. Nein, er rappelt sich wieder, kratzt den Rest Luft zusammen und rasselt weiter durch die Labyrinthe an der Wand.

Ein Bild aus frischen Leichenteilen. Ach, der Kopf! Ein Finger! Puzzlewerk, Geduldsspielchen, Muster, merkwürdige Gefühlsentgleisungen, und dabei sehe ich ihn doch, aufgegeben, und zur Wand gekehrt. Sein Körper scheint auseinanderzufallen. Weiß und verwachsen mit dem Kissen scheinen die Bartstoppeln und das Haar. Die Unwirklichkeit der Stunde schwappt über mir zuammen.

Da steigt in mir der Drang, mich selber zu versuchen, und ich würde den Sterbenden dort gern erschrecken, mit einer Maske vielleicht, denkt der Spitzbube, oder einem Geheule aus der Barbarei.

Er ist mir fremd und sächlich in seiner neuen Not. Flori jedoch ist mir vertraut, denn weil er brannte, will er in meinen Träumen baden gehn. Von Josef aber, verfahren in seine Muster, im gleichen Kampf etwas zu sein und bleiben, wie Florian in seinem Brand auf dieser Wendeltreppe, in diesem Turm, in dieser Nacht, im letzten Januar – von Josef aber weiß ich nicht, was er will und braucht. Wahrscheinlich sitzt er genau wie ich unter Glas und taubt und irrt nach seinem bessren Wissen und kann nicht, was er will, noch braucht, mehr finden und nichts mehr sagen, in diesem Zeitabschnitt.

Seine Gestalt wird winzig, immer ferner, immer winziger. Doch plötzlich schnellt die Entfernung zurück, und ich merke, es kommt, weil er

spricht, denn er spricht mich an und fragt: War denn das heuer im Frühjahr, zwei Jungen, die gespielt haben?
Ich sage: Nein. Als verstünde ich den Ablauf seiner Zeit. – Nein, das ist lange her!
Das kann ich nicht wissen, sagt er und nimmt, obwohl er fühlt, daß er richtig liegt und alles auch sein Gegenteil hat, meine Einfalt als Antwort.
Er ist eingefallen, gelb. Die Luft zieht durch die Lungen, klein, feucht und angespitzt wie Garn durch Nadelohren. Der Bauch ist riesig, schrecklich.
Wenn es nicht gleich aus ist, ist es bald aus. Ich kriege Angst. Ich bin nicht vorbereitet, weiß nicht, wie ich dir was erleichtern kann.
Der Tod ist kein Mythos, er tritt tatsächlich ein. Ich kann kein Gebet. Reiße ihn hoch, damit er Luft kriegt und zerre und reiße weiter und bringe den Elendesten zum Stehn. Ich buckle und hänge ihn über, und wir schleppen uns die zwei Schritte zum großen Sessel.
Warum habe ich das gemacht? Josef! – Er sieht lebender aus, wenn er sitzt. Im Sitzen stirbt man nicht. Ich hole sein Bett und decke ihm die Beine zu. Mühsam stößt er es ab. Alles nimmt

ihm die letzte Luft. Er braucht es leer und kalt um sich. Ich reiße die Balkontür auf. Der Kältestrahl schießt durchs Zimmer, trifft uns hart. Er atmet tiefer. Der Speichel läuft ihm aus beiden Ecken. Elend fällt er nach vorn. Ich binde ein Handtuch zwischen die Lehnen vor seiner Brust, wie eine Stange. Er lehnt sich dran, hängt drüber. Die Luft wird wieder weniger, wird abgedrückt. Er keucht und stößt die Arme von sich.

Ich habe Angst. Ich kann das nicht allein. Ich hole die Mutter, die Mutter!

4 ist es. Finstre Nacht. Sie fährt furchtbar auf, als ich ins Zimmer komme, furchtbarer noch als letzte Nacht, fragt nichts, rennt, rennt an mir vorbei, hin zu ihm.

Er hängt überm Handtuch und starrt gelb und blau in ihr großes Gesicht hinein. Dann sieht er mich an und fragt mich und zeigt auf die Mutter: Wer ist die?

Das ist die Maria, sage ich.

Die Harmonikaspielerin? fragt er.

Sie lacht nicht, sie weint nicht. Sie kann nichts, sie weiß nichts, wie ich.

Ich hatte die Mutter und ihre Not gar nicht wahrgenommen. Da kommt mir plötzlich ein gutes Gefühl für die alte Frau, und ich lege ihr meine Arme um. Aber das weckt sie. Jetzt weint sie.

Josef fährt aus seinem Sterben auf und legt ihr fest die Hand auf den Mund und drückt ihr den Ton ab. Wackelnd, zitternd, tut er es, und er spricht: Wir zwei haben doch viel miteinander gespielt – und rutscht noch weiter nach vorn, denn das Handtuch gibt nach und es sieht aus, als wolle er sich in ihr großes Gesicht hineindrücken. Da hört sie auf, stoppt sich, sieht ihn wieder. Er aber spricht weiter: Und jetzt wollen wir wieder miteinander spielen? Auf der Harmonika?

Er kann kaum reden. Alles ist gesprungen und klafft, aber es ist uns, als lächle er. Ich gebe ihm Wasser. Das Schlucken ist mehr Mühe, als das Wasser hilft.

Nun bleiben sie voreinander, und sie hält seine Hände, und wenn er nicht schläft, rutscht er in ihre Augen und fängt sich dort ein.

Eine kleine stille Sucht, ich möchte es sein, die mit ihm ist, und eine genauso kleine stille Erleichterung, daß sie es ist.

Ich gehe 3 Schritte weg, auf sein Bett, und lege mich in seine matten Kissen.

Bleib, wo du bist, nimm an, was kommt!
Ich hatte recht, denn es schwimmt ein Klang auf vor mir, ein Klang, so direkt wie ein Körper, und ich erkenne ihn als meinen und deinen und den von vielen, aus allen Schichten und Geschehnissen.
Die Mutter, sie betet. Sie holt die alten Worte, die Zufluchtsformeln. Sie faßt sich und mich.
Josef schläft vornüber.
Lang und laut ziehen sich ihre Worte wie ein Band, streifen komplizierte Mauern, von denen Schwarzvögel auffliegen und weiße Bauten bleiben gestaffelt auf dem Platz zurück.

Ich steige von seinem Sterbebett und gehe raus, auf den Balkon, in den ersten Morgen.
Nebelluft, Düsternis. Die eisheiligen Pappeln. Mein Verstand steckt in hohlen kurzen Gassen, während von drinnen der Mutter Psalter meine Ohren weiden. Doch als er den Mond sieht, der aus der Zeit, als noch kein Mensch gestorben war, heraustritt, starr und leuchtend, wie er ihm nachgeht durch die stille Eisesnacht,

kommt er endlich wieder zu sich und sieht klar, daß der Mond der Mann, daß der Mann der Mond ist.
Ein Mensch ist in seinem Leben wie Gras,
er blüht wie eine Blume auf dem Felde;
wenn der Wind darüber geht,
so ist sie nimmer da,
und ihre Stätte kennet sie nicht mehr,
spricht drinnen die Mutter.
Durch die Scheibe kann ich sie sehn. Sie sitzen in Decken, im offenen Winter wie Tiere.
Der erste Zug pfeift, klirrt, zerbricht das Eis.
Die Gnade aber des Herren währet von Ewigkeit zu Ewigkeit – singt sie den Psalter zu Ende.
Warum bin ich das, was da hockt? Und wenn ich mir was andres wünschen könnte, was?
Will ich die Mutter drinnen sein, die rechtmäßig singt, anstatt Windsbraut hier draußen und nicht wissen, wo, wo der Ort ist, wo das Gewesene steckt, das vorhin wo war? – Wo stecken Josef und die Windsbraut, ich, mit ihrer Geschichte. Auf dem Berge? Oder ist die Geschichte vorüber, zu Ende, und keiner, auch nicht Josef, weiß sie? – Oder weil sie nie wahr war?
Er hängt überm Handtuch hin vor der Mutter,

sieht nicht, hört nicht, riecht nicht, schmeckt nicht, denkt und fühlt nicht.
Die Mutter hat ihre Bibel zugeschlagen und fragt ihn: Kennst du mich? Kennst du mich?

Josef! Josef! – Er ist alt. Er ist nicht jung.
Ich muß schlafen gehn, ich bringe mich durcheinander.
Aber wenn ich hier weggehe, kann es sein, daß er stirbt, bevor ich wiederkomme, und ich kriege keinen Zipfel mehr von ihm.
Blind von Tränen könnte ich mich steigern, bis ich wüßte, wo er steckt. – Ich muß an mich halten, sonst bin ich morgen auch tot.
Aber vor mir liegt der Tag und die Nacht und der Tag und die Nacht und der Tag und die Nacht und genauso bereitet sich mein Ende, wie jedes – seines. Ich muß mich nicht erregen.

Drunten in der Ebene, in der Wüste, in der Wirklichkeit beginnt der Tag. Schon kriechen sie aus ihren Betten, zünden die Frühlichter an, füllen die Öfen, schlürfen aus verkratzten henkellosen Tassen den Kathreinermalz, schlurfen umher, stoßen die Läden auf, und sie sehen hier

raus in die windige Nacht, im besseren Wissen, es ist der Morgen. Der Nebel kriecht in ihre Hemden, Hosen.
So erwachen sie in die verstörten Straßen, in Häusern, in denen man nicht bleiben darf. Ihre Nacht war elend, und der Tag ist nah, da sie die Zähne mit der Haut nicht mehr bedecken können, und also harren sie in ihrer Trübsal, bis nächste Woche einer kommt und fragt nach ihnen, und sie sind nicht mehr da.

Kleines empfindliches Rot zieht auf. Vögel fliegen. Die Züge gehen unablässig.
Es ist wie Kleinsein, Schulbusfahren, am Fluß entlang, am Morgen. Im Januar hatte jeder Morgen Himmelrot.
Im Bus saß meine leere Form und meine Fülle am Fluß, im Rosa, im Zwielicht, Nebelfeld, Moos, Gras. Bei den Moosleuten hätte ich bleiben mögen – eine Welt rinnt rot in eine andere – ich verstehe gar nichts – aber im Innern sitzt diese Wonne, diese Wonne – meine Arme würden fließen in den Fluß und meine persönliche Geschichte würde verlöschen und der Fluß überfließen, und weicher werden wir, undeutlicher, ungreifbarer – unbeschreiblich – wie

Wasser mit Wasser in Wasser gegossen, – alles, was ich habe, dehnt sich aus und löst sich auf – alles was haftet – auch mein Name –
Statt dessen mußte ich sie fürchten, die Kinder und die Lehrer, die Fahrer, Schaffner, Feindin, Freundin. Bin im Bus geblieben und habe nach innen geschlagen, anstatt mich außen zu wehren. Man verwundet sich derart und verliert seinen Zauber, und da genau fallen sie über uns her. – Sie profitieren, sie schmatzen, die Schranzen, die Hingebungslosen, die Ahnungslosen, die Herzfresser.

Sie sitzen voreinander und schlafen. Er hängt noch tiefer überm Handtuch. Er schlingt seinen Speichel. Er rasselt.
Sie hat den Kopf nach hinten fallen lassen. Sie schlafen, die Alten, vielleicht zum letztenmal nebeneinander in einem Zimmer, zum letztenmal im Schlaf zusammen. Ich denke, daß sie ihre letzte Zeit verschlafen.
Der Vater zuckt, da zuckt sie auch. Sie sind es, die zusammengehören.
Was aber wird sie machen, da sie übrigbleibt?
Sie wird die letzte Wäsche waschen, die letzten

Socken von seinen Füßen, das letzte totgeschwitzte Hemd. Und putzen und räumen, nach und nach die Sachen aussortieren, die sie nicht mehr braucht und hergeben will, aber niemand will sie. Zuerst die Schuhe des Alten, viel später die Hemden, von denen manche noch wie neu sind, sagt sie, so hat er sie geschont. Zum letzten Schluß der Kamm und das Rasierzeug, was noch lange liegen wird im Bad, am Waschtisch. Da wird sie oft stehn und auf sein Zeug sehen und wissen wollen, daß er noch in den Zimmern drüben geht. Sie wird weinen und sich wehren, aber ihre Wohnung ist vom Sozialamt, und für einen kleinen Alten sind drei Zimmer zuviel, sagt man und halbiert die Rente.
Da muß sie wieder räumen und die 2 Betten auseinanderreißen, und das eine wird an die Straße gestellt, und ich hoffe, daß sie nicht sieht, daß keiner es will und daß es bis zum Morgen stehenbleibt, bis der Raffzahn kommt und es auf den Container kippt und dort zerquetscht.
Und bleiben wird ihr bloß, was sie für ihren Rest noch braucht. Sie war immer bescheiden, und von den andern ist nicht zu erwarten, daß sie ihren Rest hoch veranschlagen.

Drauf wird sie ausziehn aus den letzten Räumen, die sie mit ihm noch hatte, wird hochziehn auf den Berg, wo der Sohn das Haus hat, nie mehr runterkommen, wird oben bleiben, im schmalen Ausgedinge, und den Zehrpfennig ausgeben für ein gutes Wort. Und mit der Zeit werden sie ihr eins von den zwei Zimmern nehmen, für die sie zahlt, und ihr Rest wird immer kleiner werden, und wenn sie überlegen, daß sie das andre Zimmer für den Enkel brauchen, der dann geboren werden soll, und den Rest unter die Treppe stecken wollen, ist der Rest auf einmal weg, und es braucht nicht mal den Anschein der Trauer, denn so winzige Reste vermißt niemand.
Mir fällt kein Segen für die beiden ein.
Sie sitzen voreinander und schlafen. Ich lasse sie allein. Sie sollen allein sein. Sie nicken.

Ich habe kein Bedürfnis, mich zu waschen, und steige ohne weiteres in das alte Bett. Es ist mir vertraut und angenehm. Ich mag die Mutter, die hier lag.
Aber ich liege lange wach und kriege nicht mit, was ich denke. Alles mögliche ist gerissen und leitet nicht mehr.

Nebenan ist es ruhig. Mein Schlaf könnte ruhig kommen. Aber ich wende mich hierhin und dorthin, festgekrallt an einen Schlaf, der nicht kommt. Aber es kommt ein anderer, denn ich habe keine Kraft mehr, an dem ersten festzuhalten und bin abgerutscht, gesunken, durch die Räume getrudelt, aufgeschlagen, liege hier mit diesem anderen Schlaf, der zuläßt, daß ich wieder denke und meine Beobachtungen mache.
Mein Umfeld ist unbestimmt, geplagt von Zwielicht. Ich schlafe, aber ich bin gefährdet, das weiß ich, zumindest hier, auf solchen Kissen, auf Planen, verschoben über Matratzenstapel, welk und grau von Nutzung. Müde bin ich, kann kaum halten, muß gehen, Bett suchen. Gibt nur die Planen und Matratzen. Sonst nichts von hier bis Ende. Muß hin und liegen wie da eben, muß tief, tief schlafen, sonst krank.
Um Mittag kann ich das Mittagslicht sehn. Aber es dauert noch. Ich bin noch hier und da und kann noch nicht so schnell.

Wie ich aber rauskrieche, durch den Flur stoße, zu den andern, Vater, Mutter, schlägt es zu wie ein Aberwitz: Josef hat schwarze Hände, und aus seinem Bett kriecht ein Schlauch. An dem Schlauch hängt ein Sack, der Sack ist an den Bettrand geklammert. Durch den Schlauch läuft es hellrot in den Sack rein, und bald läuft der Sack über. Das Gesicht von Josef steckt wachsweiß weit weg.

Herrgott! Müssen sie dich so verhunzen. Herrgott! Macht ihn doch gleich tot, daß er nicht so kaputtgeht wie ein Käfer, wie ein Ding, ein Dreck!

Das Hellrot im Schlauch fließt, stoppt, hängt, fließt. Ich reiße die Decke weg: in seinem Schwanz! Sie haben ihm den Schlauch durch das Loch im Schwanz gestoßen! Da liegt er nackt mit 2 angewinkelten Beinen wie ein Bauchkind, eine Geburt aus dem Feuchten.

Die Mutter nimmt mich und sagt mir alles. Denn der Arzt war da und hat ihm den Katheder gebohrt, weil sonst die Blase zerplatzt. Ich weiß ja, daß er nichts mehr rausgelassen hat, ich habe den Bauch gesehn. Aber der Arzt hat ihm innen, im Zartesten, was verletzt beim Stecken, und deshalb blutet der Urin.

Aber was hat er mit den Händen gemacht?

Sie hält mich, als hätte sie Kraft, mich zu halten.

Die Adern sind eingetrocknet, deshalb sind die Schmerzmittel ins Fleisch gespritzt, sagt sie mir und hält mich, und weiter, leise, wie eine Botschaft: Das Fleisch macht ihm Schmerzen. Es ist bloß noch das Fleisch.
Was weißt du, was weißt du denn? Ja, weißt du denn was? Dann sags mir doch!
Ich bin hemmungslos.
Sie will die Bluttüte wechseln und zieht sie aus den Klammern am Bettrand und setzt eine neue an den Schlauch und spricht dabei von der Allmacht und sagt: Ich aber bin nur eine leere Frau und kann euch beiden gar nicht helfen.
Läßt mich mit ihm allein, und ich weiß nicht was. Will weg, weiß nicht, weiß nicht. – Das ist für mich ein andrer, ein kaputter. Schieres Fleisch. Ängstigend, wegwerfbar.
Jäh, knochentrocken, ein Zack, und rein in die Figur mit dem Ding.
Da soll er doch lieber, da gebe ich ihm doch lieber – da mache ich ihn doch lieber – aber ich kann ihn doch nicht abstechen! Tabletten hab ich nicht. Gas gibts nicht, mit Elektrizität kann ich nicht umgehn – aber ich kann ihn doch nicht ersticken, er hat ja schon so kaum noch Luft – aber vielleicht totbeten.

Ich fasse mich und nehme seine schwarze Hand fest und versuche das Todesgebet.
Aber ich weiß nicht, wie das geht. Aber ich versuche das: Es kommt ein lautes Bitte raus, was sündig klingt, glucksig, ein Quall.
Er sieht zu mir, er hat blaue Augen.
Es gibt zwei Völker, beginnt er, ich werde es euch sagen, allen!
Er schweigt und blickt in eine Runde, hört, setzt Worte wie ein Redner so groß: Es gibt zwei Völker, und die sind groß und klein und schlecht und gut. Es gibt hier gute Leute und da gute Leute – ich finde keine Worte – hübsche Menschen, gute Menschen. Ich selbst habe sie als gut anerkannt – alle, auch die Schlechten, denn die Kleinen sind die Großen. Denn meine Gerechtigkeit stammt aus dem Abstand und ich staune. – Ich will sagen, – er sieht an der Wand lang, am Boden, in die Stühle, durchs ganze Zimmer – ich will was sagen, aber ich trau mich nicht vor Soundsovielen.
Ich sage ihm, daß keiner hier ist. Doch das übergeht er, aber faßt meinen Arm an und zieht mich. Seine Augen glitzen. Aber ich will nicht. Er riecht anders als letzte Nacht, trocken. Er hat schwarze Hände. Bald ist der Ganze so

schwarz wie die Hand. Aber er lächelt mit seinem Mund und lächelt und zieht an mir. Ein Schimmer von der Nacht kommt mir ins Auge. Zart sagt er: Wir müssen doch bald zum Spiel, – und zieht mich ganz zu sich runter.

Ich bleibe bei ihm in seinem Bett. Er hat sich erschöpft und ist nicht mehr da.
Ab und zu mache ich seinen Mund naß, mit Stäbchen von Watte umwickelt, ins Wasser getauchte.
Jetzt vergehen Tagesstunden wie Nachtstunden. Ein in sich gekehrter Nachmittag. Die Mutter läßt sich nicht blicken.
Der Sack am Bett ist wieder fast voll.
Die roten Adern in seinem Gesicht werden dunkler, weil alles andere fahler wird, die Stirn, die Nase. Die Nase wird spitzer, das andre tritt zurück. – Er sieht nicht mehr aus wie der Bauer.

Die Schmerzen haben ihn geweckt. Er sagt: Hilfe! Er tastet heftig und faßt mich. Er krampft sich fest an meiner Brust. Das tut mir weh. Aber sonst spür ich meinen Körper gesund und geordnet.

Wenn ich davon abgeben könnte – Was bin ich denn bereit aufzugeben von Gesundheit und Leistung meines Systems zu seinen Gunsten? Was könnte ich kriegen und aushalten? Kopfweh, Zahnweh, Stiche, Übles –

Er krampft sich immer fester an meiner Brust fest. Ob das der Schmerz ist, den ich leiden muß, um seine Linderung?

Er preßt die Brust noch mehr und noch mehr. Ach, seine Hand ist schwarz und tut mir viel zu weh. Ich kann das nicht mehr, Josef, und reiße dir die Hand weg!

Josef ist steif vor Schmerz. Seine Augen haben nicht Blick noch Bewegung. Sein Alleinsein ist ungeteilt. Ich höre noch sein Hilfe, aber er sagt es mir nicht mehr.

Meine Brust tut nicht mehr weh.

Jeder stirbt allein. Ich dann auch. Uns ist nicht zu helfen.

Es rauscht in der Leitung. Mir fällt ein, ich wäre flüssig und könnte in Josefs weite Wunden fließen und seine Schmerzen streichen. Ströme von Geräuschen, aus allen Leitungen, von überall her.

Es kommt mir vor, als ob ich aufstehe, meine Hand ihm auf die Brust drücke, als ob mein

Atem aus der Lunge in die Arme und in die Finger und aus den Fingern in seine Not reinfließt – daß ein Drang geschieht, ein Wirbel, ein Austausch.

Es ist Samstagnachmittag, 3 Uhr. Das Kaffeewasser ist überall gezapft. In den Rohren herrscht der Stillstand. Josef schläft tief und atmet gut.
Da kommt die Mutter mit dem Kaffee. Sie hat Buchteln gebacken und füttert mich statt seiner oder aus Liebe zu mir. Sie schiebt mir alles rein auf dem Kaffeelöffel. Sie ist unersättlich.

Weltuntergangsstimmung am Nachmittag. Nichts geht weiter. Jetzt ist endlos. Kein Wort, kein Ruf, kein Gebell, kein Geschrei. Graugelber hämischer Tag. 5 starre Pappeln. Der Frost frißt.
Die Mutter läßt den Fernseher laufen. Es gibt Sport. Sie hat den Ton abgestellt und sieht auch nicht hin, weil sie an Josefs schwarzem Anzug flickt, das Futter von der Jacke, ein Knopf an der Hose. – Vor einer Woche hat er ihr gesagt, daß sie ihm den schwarzen Anzug anziehen

soll, wenn er gestorben ist und in den Sarg kommt, sagt mir die Mutter jetzt.
Programmwechsel. Dort wirds lustig. Sie geht hin und dreht ab und geht mit dem Anzug in die Küche, ihn zu bürsten und zu dämpfen.
Ich stelle mich zu ihr. Josef schläft ja. Wie sie dämpft, mit dem karierten Lappen, sagt sie zum erstenmal wieder was: Er mag auch kein Bier mehr, sagt sie.
Ich bleibe bei ihr und sehe dem karierten Handtuch zu, wie es wechselt, feucht, trocken, faltig, glatt, der Dampf steigt, es riecht, ich vergesse mich gut dabei und sehe ihr zu, bis sie fertig ist.
Dann hängt sie den Anzug über den Bügel, und ich gehe vor in die Stube, denn ich denke, sie kommt nach und hängt den Anzug in den Schrank zurück. Aber sie hängt ihn draußen an den Mantelhaken.

Josef schläft noch. Die Mutter wirtschaftet weiter. Ich gehe raus in die Kälte, will rauchen.
Und sehe den Arzt ins Zimmer treten. Die Mutter kommt dazu. Ich bleibe hier und rauche. Sie sagt ihm was. Er nickt und packt sein Zeug aus, wendet sich zu Josef, tastet an ihm

rum, weckt ihn. Ich kann Josef gut sehn, obwohl er weit weg ist, und in seiner Ecke dämmerts schon, denn es ist Januar. Er sagt was zu dem Arzt. Der bricht ab – nichts ist – dreht sich und packt sein Zeug wieder ein. Es schüttelt ihn, ich kann es sehn, ich kann sein Schütteln sehn.
Dann bringt ihn die Mutter weg.
Ich trete den Stummel aus, aber mir fällt ein, daß die Mutter putzen muß, und so hebe ich ihn auf und werfe ihn über die Brüstung in den Wind und verreibe die Asche über den Boden.

Josef ist wach und sieht mich. Ich gehe zu ihm. Wir sehn uns. Aber er kann nicht lange und rutscht wieder ab.
Sein Atem geht gut, aber etwas zwängt ihn. Er preßt und drückt. Mach bloß nicht ins Bett!
Ich gehe zur Mutter in die Küche und sags ihr. Sie hört nicht hin. Da mach ich es. Ich hole mir Tücher vom Bad und meinen losen Puder.
Drin ziehe ich die Decke weg. Der Katheder steckt schlimm und unverändert. Ich drücke Josef zur Seite, muß ihn saubermachen. Sein Bein rutscht schwer und schlapp über den

Schlauch und reißt ihn ein Stück aus der Blase raus. Ich muß ihn wieder reinstoßen oder den Arzt rufen. Aber den hats geschüttelt, glaube ich, und ich will es sanfter machen als jeder andere, und fasse Josef, als wollte ich ihm eine Zärtlichkeit antun und schiebe das Ding mit meinem sanftesten Gefühl zurück durch sein Loch, bis es anschlägt.
Josef hält die Augen offen und sieht still auf mich. Wie ich das merke, fahre ich hoch und drücke sie zu. Er läßt mich und wehrt sich nicht.
Blind zu liegen, wie ein Toter, und ich hab ihm dazu die Augen zugedrückt.
Er macht sie nicht mehr auf. Auf keine Bitte.
Schließlich mache ich es wie die Mutter, die draußen ist und in den Töpfen kratzt. Ich säubre ihn und trockne ihn und pudre ihn und gehe, das dreckige Zeug wegbringen. Ich bitte um saubere Wäsche. Die Mutter teilt sie an mich aus.

Es klingelt. Es kommt Besuch. Es ist die Nachbarin. Sie trägt die Schürze voll mit was und will gleich zu Josef. Aber Josef liegt nackt, und ich lasse sie nicht. Keiner soll ihn sehn, so breitbeinig ausgesetzt. Aber die Nachbarin denkt wie jeder, der denkt, und kommt zu dem Schluß, ein Halbtoter sei genauso schamlos wie ein Idiot, und wischt mich einfach weg und drängt sich in das Zimmer, zu dem, der nackt liegt und stirbt. Wie sie ihn aber sieht, muß sie anhalten und den Herrgott sagen.

Ich beeile mich und wickle ihn in frische Laken und decke ihn zu.

Das Frauchen faßt sich, geht zu seinem Kopf und nennt ihn Opa. Er macht die Augen nicht mehr auf.

Sie packt die Schürze aus. Sie hat den großen Tisch abgeräumt, die Baumwolldecke weggeschlagen und dorthin eine weiße und damastene gelegt. Jetzt zieht sie ein rotes Kreuz aus der Schürze und einen Rosenkranz mit kleinen Geißelhändchen und eine Flasche Asbach mit verkratztem Etikett, und nach dem Gesangbuch schickt sie die Mutter, zündet eine weiße Kerze an, klebt sie auf einen Teller, starrt. Die Mutter bringt das Buch.

Die Nachbarin tritt dicht an mich: Vergiß nicht, sagt sie, wenn es soweit ist, muß einer ihm ein Kreuz mit Weihwasser über die Brust schlagen, und hebt die Asbachflasche und schüttelt das Wasser schaumig. Kniept mit dem Auge, schnarrt, sie hätts vom Pfarrer, nimmts und stellts zurück zu den anderen Fetischen, die auf Damast stehn.

Es ist wie Negerzeug, Kram aus Bahia oder Trinidad, Handwerkszeug der Ärmsten, die davon Hexenhäuser bauen gegen den weißen Mann und seine Hiebe.

Die Nachbarin geht umher und schnüffelt. Sie hat ein verkehrtes Gesicht, ist quer lang und längs kurz, hat Füße, die nach rückwärts zeigen und kaputte Finger. Vom Schaffen, sagt sie und sagt, daß sie bis 70 in fremder Leute Dienst gewesen und jetzt sei sie 80, doch die Narben gingen nicht weg.

Sie gibt Güte in den Raum, das wundert mich, denn die äußeren Anzeichen sprechen dagegen. Ich werde weicher, würde mich gern gehenlassen.

Josef schläft jetzt ganz sicher.

Die Mutter kommt, bringt frischen Kaffee und noch 2 Buchteln.

Die Frauen machen es mir geborgen. Sie zünden das leise Fernsehlicht an. Die weiße Kerze brennt. Die Fetische schlagen Schatten. Draußen wird dunkler und tritt zurück.

Josef röchelt, aber die Frauen sprechen, und seine Not geht unter. Dort, wo er liegt, ist die Dämmerung, und keiner könnte sehen und erschrecken, wenn sein Gesicht noch eine Farbe weißer würde.
Der Kreuzkristus verdämmert mit der Wand, nur die silbernen Katzelköpfe leuchten um ihn.

Die Frauen sitzen in ihren Berichten. Die Nachbarin spricht von dem Mann, der vor 7 Jahren plötzlich auseinanderlief und tot lag.
Josef braucht eine neue Tüte. Ich wechsle sie. Er rührt sich nicht.
Bei den Frauen sitze ich.
Als ich Kind war, sprachen die Mütter schon morgens vom toten Mann.
Es war Januar, da starb die erste von ihnen, und sie ließen sie 3 Tage und Nächte in ihrem Bette bleiben und saßen um sie herum, gewickelt in Decken, die wärmenden Flaschen im Kreuz. Weit geöffnet waren die Fenster, hell schien Licht in der Nacht.
Sie hatten Angst, es könnte der Scheintod sein und die ihre müßte im Sarge erwachen, und wandten kein Auge von ihr.

Bei den Frauen sitze ich und höre zu.
Die Nachbarin spricht von einem, den man nach einem Tag Tod in die Erde getan und nach drei Tagen wieder ausgegraben. Vom Durcheinander in seinem Sarg, verschissenem Leichenhemd, blutigen Nägeln vom Kratzen.
Aber was macht man denn da? jammert die Mutter.
Auf keinen Fall weggeben, bevor die deutlichen Zeichen des Zerfalls eingesetzt haben, rät sie der Mutter sicher. Sieht mich, streicht mich und sagt wie die gütigste Natur: Ach, das Kind, nun ist es erwacht.
Was aber sind die Zeichen des Zerfalls? fährt die Mutter fort und achtet mich nicht.
Schwarze Hände, heißt die Antwort, und es breitet sich stillstes Schweigen.
Kommt der Pfarrer heute noch, breche ich ein.
Mir ist hier nicht wohl, und das Frauchen hat mich an sich gelehnt und flicht mir Zöpfe.
Der Pfarrer, ruft es und läßt meine Haare fahren und springt auf. Und wann kommt er denn nur und wann denn?
Die Mutter weiß nicht, ob er kommt, denn vielleicht kommt er gar nicht, und sie schämt sich, daß er nicht alle Tage kommt.

Hat er denn schon die Ölung gemacht? raunt es wie verbotenes Zeug.
Die Mutter fängt an zu schütteln.
Es wird an der Zeit sein, stößt es nach.
Die Mutter bricht auseinander. Sie rennt ab in ihre Küche. Man hört sie hart in den Töpfen kratzen.

Josef schläft. Die Nachbarin hat sich zu seinem Kopf gesetzt und singt aus dem Buch. Da fährt er auf und ruft laut nach dem Bürgermeister.
Die Mutter kommt aus der Küche gerannt mit mehligen Händen. Die Nachbarin drängt sie ab, was muß sie auch backen.
Das Telefon. Es ist zu laut. Jedesmal erschrickt hier jeder.
Ich greife zu, bevor das Frauchen dran ist. Es ist der Pfarrer, und ich gebe an die Mutter weiter. Aber weil sie heult, kann sie nichts sagen, und die Nachbarin nimmt den Hörer, reißt ihn an sich und sagt, er müsse kommen, der Pfarrer, denn es stehe der Tod schon im Zimmer, und der Sterbende selber rufe und verlange nach dem Öl. Aber Josef ruft den Bürgermeister. Vorm Fenster ist die Nacht, wie letzte Nacht.

Die Türklingel. Josef hört sie, und er lacht: Jetzt kommt der Bürgermeister! spricht er.
Aber es ist der Sohn mit der Frau. Kein Pfarrer, nicht mal der Bürgermeister.
Langes Geflüster vom Flur. Dabei steht die Mutter. Die Nachbarin macht sich klein und verschwindet.
Jetzt fallen sie durch die Tür her über Josef, der ringt nach Luft und wendet den Kopf zur Wand. Und so stehn sie einen ungeplanten Moment sprachlos. Dann klopft die Lotte auf Josefs Decke, klopft und klopft, bis die Fläche spiegelglatt wird und die Lampe widerscheint.
Sie bleibt sprachlos, nichts fällt ihr ein gegen die Abwendung von Josef, dem Sterber.
Sie ist häßlich und guckt ihm unter die Decke.
Man hört die Mutter kratzen. Der Sohn steht stumm und bleich, die Hände untätig überm Geschlecht verlegt. Dann gibt sich die Lotte einen deutlichen Ruck, räumt das Kaffeezeug, nimmts und trägts ab durch die Mitte.
Der Sohn steht stumm und haltlos, und er sieht unter sich. Draußen wird scharf gebremst. Er

zuckt und dreht sich schnell und plötzlich und verdeckt seinen Schreck und macht das hellste Licht an.
Das ist zu hell, sage ich.
Für wen? sagt er.
Das Licht bleibt. Er ist der Sohn. Er geht und setzt sich in den Sessel, wo Josef saß in letzter Nacht.
Er wendet sich und starrt in die Finsternis des Fensters.
Josef verstellt sich oder schläft. Ich kann ihm ruhig die heißen Haare streichen.
Ich gebe ihm Wasser mit Wattestäbchen. Er schluckt, also wacht er.
Seine Lippen sind gerissen. Diese Löcher im Fleisch! Josef!

Die Frauen kommen und tragen das Nachtessen auf. Sie tischen und klappern.
Warum essen wir nicht in der Küche oder im Flur? Es gibt keine Antwort.
Die Mutter sitzt klein und sieht auf den Teller und schneidet sich die Mundstücke vor und blickt zu keinem andren.
Sie spricht, daß sie ihn vor 7 Tagen rasiert habe und seither, sagt sie, so als ob man ihr nach und

nach alles nähme, sei der Bart nicht mehr gekommen.
Aber die Lotte spricht von solchen, denen der Bart noch im Tode wächst und später noch und die Nägel auch und die Haare. Kleinkinder wachsen noch ganze Zentimeter, sagt sie.
Die Mutter wendet sich an den Sohn und die Sohnesfrau, die Nachtschwester, und fragt sehr leis und untergeben: Wie lange muß er sich noch schinden?
Der stirbt noch lange nicht. Sagt die Lotte. Das kann noch Wochen dauern. Zuallererst muß er in kalten Schweiß ausbrechen.
Wochen? fragt die Mutter, und mir ist nicht klar, wie ihr der Gedanke am Herzen liegt, ob er leicht ist oder lastet.
Ich gehe zu Josef und halte ihm die Ohren zu. Er regt sich nicht. Sein Schweiß ist kalt. Ich verrate ihn nicht.
Die Klingel. Ich höre den Pfarrer. Die Mutter weint. Da raffen sie schnell ihr Zeug und drükken sich an dem Kirchenmann vorbei und schlagen die Tür.
Der Pfarrer ist Landpfarrer, ich rieche den Mist an der Soutane.
Josef erkennt seinen Pfarrer, rappelt schwer die

Hand hoch und segnet jenen nach dem vorgeschriebenen Ritus.

Josef schläft mit offenen Ohren, und die Mutter hält seine Hand und ihre der Pfarrer und ich die seine und meine andere liegt in Josefs Ermessen.
Der große Lehrer, der Heilige Geist, sitzt unter uns und reibt sich die Hände.

Spät in der Nacht geht der Pfarrer. Auch die Mutter geht und tut es behutsam.
Ich lösche das Licht. Ich ziehe den Stuhl dicht an sein Bett. Von draußen scheint Licht in die Stube, und ich kann sehen, daß er die Augen offen hat.
Wir sitzen nebeneinander und geben uns die Hände. Es vergeht einiges, bis er mich fragt, wohin wir jetzt gehn.
Ein weiteres vergeht und noch eins, denn was weiß ich. Und er fragt wieder und weiter: Wo gehn wir denn hin, wenn wir sterben? und lacht, als hätte ich ihm den Ort genannt und vergewissert sich nochmal, indem er nachfragt, ob ich wohl an ein Himmelreich gedacht – lacht und sagt: Ach was, es geht in den Wald!

Er hält meine Hand umschlungen mit seiner.
Dann geh ich los, sagt er und will aufstehn.
Und ich? sag ich.
Du und ich, wir sind sowieso gleich gleich, sagt er und umschlingt mich mehr.
Wieso ich, was soll ich im Wald, ich habe nicht genug zum Sterben. Ich brauche noch Jahre.
Er umschlingt mich ganz.
Wir stehn auf sandigem Boden. 100 Meter vor uns beginnt der Wald und rauscht.
Aber ich will nicht und wehr mich, da fällt er von mir ab.
Ich ziehe ihm meine Hand weg, halte mich fest am Stuhl fest, die Lehnen sind spröde. Altes Hartholz, gibt nicht nach und bricht nicht. – Was war das? Alles ist klar hier und selbstverständlich: halb abgeräumte und verlassene Tischgeschichten, Totenbettumstände, Nachtzeit und Frost. Aber was war das? Soll ich denn besser Licht machen? Damit ich nicht eingleite, in Bilder hinein, die ich nicht übersehen kann? Soll ich denn besser aufstehn und rausgehn, Mutter wecken?
Josefs Hand liegt da, sie ist noch offen von eben. Sie ist weiches Gewebe, beinah ohne Funktion.

Wie im Liebesverlangen reckt er die Finger. Die Räume wachsen nach außen. Ich nehme die Hand wieder auf. Unsere Fingerkuppen laufen ineinander.
Über den Berg sind wir gestiegen und in den Windschatten getreten. Hier stecken Stille und Dauer von je. Es gibt keine Anzeichen von Tag und Nacht. Was ist sein Mund, was seine Arme, was werden seine Schenkel, was seine Füße genannt. Und man glaubt ein Haus zu sehn und es ist, als ob Kühe fressen. Da ruft wahrhaftig einer seine Kuh. Da hat wahrhaftig einer Holz gefällt.

Vorm Fenster bricht und knackt es. Der Frost geht kaputt. Es wird wärmer.
Ach! Und ist es denn nötig, nochmal und wieder Atem zu ziehn und Atem zu stoßen, Hunger zu fühlen und sich zu fassen?
Josef wendet sich mir zu und zieht mich an.

Ein Mann liegt neben einer Frau, die sitzt. Sie wärmt ihm seine kalte Hand und lacht. Gelächter über Gelächter.

Ich bin taub vom langen Sitzen und merke es, wie ich aufstehn und nach der Uhr sehn will. Meine Füße sind eiskalt und meine Hand, die ich aus Josefs ziehn will, ist starr wie seine. Ich muß seine Finger auseinanderbiegen.

Es ist schon 7 und immer noch still. Es ist Januar und Sonntag, da kommen die Züge später.

Josef ist naßkalt. Sein Atem selten und fein. Das eine Auge halb offen, sieht weit weg, das andre verschlossen mit doppeltem Lid. Ich drücke ihm das halbe ganz zu.

Geh fort, Herr, Josef, zieh weiter.

Und wieder sitze ich im Sessel, wie eben. Mein Kopf macht Bilder, wirft sie an die Wand, sie werden wer und laufen los: ein Wanderer ferner Wege, der Älteste aus Nippon. Im Geschirre seiner Zeit stampft er den gleichen Weg wie Josef und wirft nach und nach seine Rüstungen ab, befreit sich von den Bändern und Bandagen, tritt heraus aus der Verwüstung, aus dem grellen Schein in die Dämmerung, in das Licht des Waldes.

Ich kenne die Zahl der Haare auf seinem Kopf

und sehe seinem Wesen bis auf den fließenden Grund.

Der erste Zug pfeift. Es wird hell.
Ich berühre Josefs Lippen mit meinem Mund. Kühl und sächlich ist das Geschöpf. Ich küsse ihn wieder und wieder und trotzdem. Und höre die Mutter. Sie geht im Flur. Sie hat lange geschlafen. Es ist schon 8. Sie macht die Tür auf und kommt.
Erst sieht sie mich an, dann Josef. Sie kommt aus der Nacht und sieht im Dunkeln. Die Pupillen sind weit und bleiben stecken. Sie steht lange und sieht auf uns. Dann geht sie hin und macht die Balkontür auf. Sie steht in der Sonne. Ihre Person ist hell.
Ich habe gut geschlafen, sagt sie. Schlaf jetzt du.

Ich gebe Josefs Hand aus meiner und gehe weg von hier. Kirchenglocken. Erste Menschen im Vorhof. Ich höre den Fahrstuhl. Ich gehe in die Küche. Ich kann mich nicht satt essen.
Im Zimmer, im Mutterbett, gehe ich in Schlaf auf. Ich weiß von nichts.

Aus der Tiefe steigt die Mutter vor mein Bett. Weiß steht sie und füllt meinen Blick und zaghaft weckt sie mich unablässig: Es ist Mittagszeit, sagt sie, er stirbt heute.
Das lange Kinn biegt sich nach oben und wird kürzer. Sie bleibt so, bis meine Augen ganz weit aufgegangen sind. Dann geht sie wieder.
Sonnenstreifen an der Wand. Das Muster ist konfus. Es leuchtet. Ein Sonntag. Wenn es nicht Januar wäre, würden die Vögel pfeifen.
Den Tod bekommen alle. Der Tod ist ein vorübergehendes Leiden.

In meinem weißen Hemde gehe ich hinüber. Kann ihn erst gar nicht finden, so scheinbar und weiß liegt er unter den Tüchern. Gesichtslos und fremd. Fast weg, fast nichts, über fast alle Berge.
Durch den Schlauch läuft nichts mehr. Der Sack ist nicht voller als am Morgen.
Josef ist abwesend, und jener dort ist der Fremdling.
Die Mutter singt ein kleines Lied. Es ist eine Mädchenstimme.
Die Kerze brennt im Sonnenlicht. Um sie herum stehen die Fetische und glitzen. Die Asbachfla-

sche ist entkorkt. Das Gesangbuch fehlt. Es liegt im Schoße der Mutter. Sie sitzt in meinem Nachtstuhl. Ihre Hand steckt statt meiner Hand in seiner. Aber seine schließt nicht mehr.
Ich habe den Sohn gerufen, sagt sie.
Wann kommt er?
Sie müssen erst essen. Es ist Sonntag.
Und wann kommt er?
Wenn sie fertig gegessen haben.
Als Ausdruck der Stille und Ausdruck der Leere macht Josefs Körper einen hohlen Ton. Wir fahren zusammen. Kopf an Kopf. Aber es war doch nichts, nichts, nur die leere ungeformte Luft. Er liegt wie eben. Mühlos und fern.

Ach, sagt sie und hält mich an sich. Die Zeit drängt sie. Ach, sagt sie, ich war so jung, und es schwemmt sie hin und her. Es war der Pfarrer und sonst keiner: Er hat oft die Glocken für mich geläutet. Das war sein Zeichen und oft war davon Aufregung im Dorf, weil keiner wußte, was die Glocken in der Nacht bedeuten. Nur ich. Und ich ritzte seinen Namen in die Kerzen Mariä, die ich ihr aufsteckte, und das war mein Zeichen. Und es hätte still so fort gehn mögen. Aber ein Bettelweib lief zu der Zeit von Dorf zu Dorf im Kreis herum und sprach den Ledigen zu mit offener Hand und sagte, wenn sie wen gesehn hatte auf ihren Wegen, und bekam dafür manchen Heller und manchen mehr, wenn eine Hochzeit gefeiert wurde. Die warf ihren Blick auf mich. Und den Monat drauf kam einer gefahren und knallte die Peitsche laut, und es hieß, er habe ein Dutzend Kühe und satten Boden auf seinen Feldern. Der fuhr zu meinem Vater und handelte um mich. Ich aber rannte und stieg hinab in die Keller der Kirche und verbarg mich. Oben lief die Messe, und ich konnte nichts tun, als ein Stück weiße Kreide nehmen und die Nachricht, von dem, was geschieht, an die schwarzen Wände schreiben.

Aber das Bettelweib war im Dorf und hatte mich flüchten sehn und ging herum und erzählte es allen. Da kamen sie, und ich hörte sie von fern dröhnen und stoßen und kroch aus den Kellern und lief rauf, in die Messe hinein und steckte mich ins Chorgestühl unter den himmelshohen Glasbildfenstern im Osten des Schiffes.

Der Pfarrer hatte mich gesehn, und ich hatte

seinen Blick bis zum Ende der Zeremonien, und am Ende kam der Ansturm und packte mich. Der Pfarrer aber stand mit leeren Händen verwurzelt am Altar, und sie zerrten mich ans Licht, hin vor die Leute, und ich mußte mich zeigen und gefiel dem Bauern, und er nahm mich und setzte mich auf seinen Wagen und fuhr mit mir aus dem Dorf. Aber als wir auf dem Feldweg waren, fingen die Glocken an zu läuten.

Jetzt muß sie lachen. Es wird ein Anfall, und sie kann sich nicht mehr halten und hört erst am Ende auf. Und spricht die Geschichte fertig, beruhigt und gelassen und sagt: Da hat der Josef mich zu seiner Frau gemacht, und das war gut so, und er hat mich nie geschlagen und nie gezwungen, sagt sie und weint noch ein Weilchen.

Und dann sagt sie noch eins, so daß ers hören müßte, wenn er könnte, sagt: Vergessen hab ich den Pfarrer nicht, aber er ist mir mit der Zeit mehr und mehr zum Pfarrer geworden.

Jetzt ist sie ganz ruhig, kann wieder stillsein. Sie läßt mich los, und ich kann gehn.

Ich setze Kaffeewasser auf. Sie singt drinnen.
Flori verbrannt, Josef alt und lebenssatt, der Pfarrer läutet die Glocken.
Ich wasche mein Haar und trockne die Ohren mit diesen Stäbchen, die ich für den gesprungenen Mund von Josef gemacht habe, und ziehe mein schönstes Kleid an zum Tode und gehe kaffeetrinken.
Die Mutter singt noch immer. Die Sonne scheint in mein Kücheneck. Ich bin hier wie da und finde mich in diesem Sonntagslicht, in dieser Schwemme, kaum mehr zurecht. Die Melodien, die sie singt, werden Ornamente, Bänder, Bilder, und sie rauschen.

Die Nachbarin tritt ein und schleicht ins Sterbezimmer, grüßt die Mutter von fern, sieht scheu hinüber zum Alten, setzt sich.
Die Mutter singt nicht mehr. Vielleicht der Nachbarin wegen.
Zum kommenden Reich Christi gehört die Auferstehung des Fleisches, setzt diese in die Stille.
Jetzt wird geschwiegen. Nur der Atem des Alten, an den man sich hält.
Aber der Satz der Nachbarin sitzt. Ich kenn

den doch, ich hab den doch schon mal gehört –
Und was soll aus den Verbrannten werden? Denn wo kein Fleisch ist, kann keines auferstehen. Ich bin nicht sicher. Zum Glück ist Florian nur angebrannt.

Da ist der Sohn mit der Frau. Sie klingeln, sie klopfen, sie kommen. Die Lotte bringt einen Kuchen. Schritt für Schritt treten sie in den Flur. Es gibt keinen Gruß. Die Leichenmiene verklemmt die Gesichter. Sie beziehen die Sache auf sich, dabei sind sie gesund und munter.
Die Lotte steuert den Sterbenden an und prüft den Fall, drückt der Mutter bitter die Hand und meint, er habe bald ausgelitten.
Der Sohn streicht durch den Flur.
Ich gehe zurück in mein Kücheneck. Aber sie kommen mir nach. Der Sohn bleibt im Türrahmen hängen. Aber die Frau geht hin und zerschneidet den Honigkuchen.
Alle kommen. Auch die Mutter. Bloß das Frauchen bleibt drin.
Die Mutter würgt und spricht, daß ihr der Kuchen schmecke.
Es ist gemütlich. Ab und zu hört einer auf zu

kauen und wendet den Kopf und hält das Ohr und horcht, ob jener drin noch atme.
Da fängt die Mutter mit Weinen an und läuft zu ihm zurück.

Was drin geschieht, ist immer gleich: Atem, Pause, noch ein Atem. Die Gestalt ist leer und unempfindlich. Kein Schmerz erreicht sie, keine Wohltat. – Ich kann genausogut hier sitzen bleiben in dieser langen Gegenwart, die währt und währt, weil dort drin nicht zu Ende geht, was längst vorbei ist.

Der Kuchen ist alle. Die Lotte nimmt die Krümel mit dem feuchten Finger. Sterben muß am Ende jeder, sagt sie. Nur wenn sie jung sind, ist es schad. Daß sie die Nachtschwester sei, sagt sie, und sie stehe mit dem Tod auf Du und Ich, und er könne ihr kein X mehr für ein U vormachen. Unter den Sterbeleutchen sei eins wies andre. Jeder würde das selbe erzählen. Denn das Gehirn stirbt ab.
Der Sohn starrt unter den Tisch. Nebenan ist es still. Die Nachtschwester hält den Mund.
Aber in die Versunkenheit fährt ein Gedanke, treibt mich aus dieser milden Gegenwart heraus

und läßt mich in die Zukunft schwappen, und ich frage, wer wohl die Totenwache halten wird und sage, sie zu halten, sei mein Wunsch.
Aber der Sohn sagt: Ein Toter muß heute sofort aus dem Haus geschafft werden. Läßt man ihn über seine Zeit im Bett, macht man sich strafbar.

Ich gehe, ich muß zu Josef, er ist fast am Ende, ich war zu lange weg. Die Mutter hat seine Hand und spricht ihre Gebete. Die Nachbarin hockt.
Wolken sind aufgezogen. Es wird nicht mehr lange hell sein. Die Mutter gibt seine Hand an mich weiter. Sie muß aufs Klo. Ich nehme meinen Platz wieder ein. Ich sitze wie jede Nacht und halte seine Hand. Sie ist weicher geworden, noch weicher.
Der Sohn kommt, geht vorbei, geht zur Aloe, dreht sich dort um, sieht hinüber zu uns und verschwimmt. Die Lotte kommt hinterher und klopft die Bettdecke.
Der Atem setzt aus, kommt wieder, zögert, bricht ab. Die Lotte hört zu klopfen auf. Das Frauchen kriecht aus seiner Ecke. Der Sohn schnappt nach Luft.

Meine Hand zuckt weg von seiner. Das Absterben bloß nicht berühren.
Aber wenn doch noch was in jenem festsitzt, was Josef heißt und Not hat?
Ich gebe meine Hand wieder her.
Er zieht noch einmal Luft. Die Augen fallen tiefer. Seine Hand drückt meine.
Josef! Josef!
– und er stößt die Luft weit von sich.
Mir fällt die Mutter ein, sie ist nicht hier, sie soll kommen.
Die Lotte hält mir den Mund zu, und der Sohn schreit, man solle seiner Mutter das Unvermeidliche ersparen und reißt die Balkontür auf und rennt raus.
Ich sehe auf Josef und denke an die Mutter. Es kommt nichts, gar nichts. Die Nachbarin tritt näher. Ich halte die Luft an – ich kann das lange, ohne gleich zu sterben.
Nochmal saugt sein Mechanismus, was er kriegen kann, und stößt es gleich wieder von sich und endet. Alles steht gespannt und zählt. Sein Gesicht wird schmal, ich kann zusehn dabei. Fest hält seine Hand an meiner fest. Noch ein Luftzug. Alles fährt zusammen. Ich schreie nach der Mutter. Sie kommt. Jetzt gibt er seine

letzte Luft ab. Die vielen kleinen roten Adern vergehen. Das Blut fließt aus allen Enden zusammen und sammelt sich in der Mitte zu einer Lache. Das Blut bleibt stehn.
Der Sohn steht draußen im Abendlicht, das eben durch die Wolken läuft und schneuzt sich. Die Nachbarin hängt am Rosenkranz. Ich gebe der Mutter Josefs Hand ab, da fällt sie zusammen.
Ein dumpfes Rumoren, ein Rollen, es kommt aus Josefs Brust, und ist ein Todesschreck – eine Wiederholung? ein Zeichen? Trug? Jeder schreit ein bißchen auf, nur die Lotte nicht, die kennt das. Es sei die letzte Luft, die aus den Lungen weiche, sowas gäbs öfter.
Jetzt ist es wie Brodeln. Das tote Gesicht verzieht keine Miene. Jetzt kommt es mir wie Sieden vor. Und ist das wirklich nur die Luft, die rausgeht?
Auch das geht rum. Es ist 4 Uhr am Tage.
Die Lotte hat eine Rolle Streckverband und drängt die Mutter ab, geht hin, dicht zu dem Kopf und bindet das Kinn hoch, daß es nicht hängt und braucht die ganze Rolle auf, umwikkelt wieder und immer zu, bis daß am Ende da ein Komiker mit Zahnweh liegt.

Die Nachbarin ist dagegen, will einschreiten, stößt die Flasche um. Das Weihwasser gluckst zu Boden, wird aufgesaugt vom Teppich und ist weg. Die Mutter hängt überm Stuhl.

Zwei Schritte tritt die Lotte zurück und prüft ihr Werk, sagt, anders hätt er schöner ausgesehn, geht hin und bindet den Verband wieder ab und klopft und rückt ihm das Gesicht zurecht und ist zufrieden.

Sie schlägt die Decke weg und zieht ihm den Katheder aus dem Schwanz, flutsch! Ein Blutstropfen läuft über seinen Sack. Das Gewebe an der Innenseite der Schenkel wippt leicht vom Eingriff der Lotte. Die geht, mit blutigen Fingern, und läßt ihn hier so offen liegen. Die Nachbarin deckt ihn zu. Opachen, nennt sie ihn, Opachen.

Ein Fuß ist draußen geblieben. Derselbe Fuß, den Josef immer an sich hatte; weiß und aderloses Ding, gehört zum Nachlaß, alter Leute Kram, keiner wills haben.

Die Mutter ist in die Leiche versunken, hält ihr wieder die Hand, nimmt die Kälte, die aus der Materie steigt, in sich hinein, treibt davon.

Der Sohn kommt vom Balkon zum Telefon. Es geht um den Abtransport. Er hat die Nummer parat. Auch die vom Arzt. Sein Vater sei abgängig, sagt er, und verlangt Bestätigung. Die Lotte kommt zurück und hat die Finger sauber. Es war ein schöner Tod, spricht sie und heult aus der Nase.

Einer zündet die Lampe an. Ach! Die Nachbarin ist traulich und steht der Leiche nah.

Der Sohn bricht auf, den Sarg zu kaufen, sagt er. Die Lotte läuft ihm nach.

Geh hinterher, sagt die Mutter deutlich, es muß ein guter Sarg sein.

Es ist kalt. Es ist Januar. Schneemänner hängen rum. Sie haben den Tau überstanden, aber sind kopflos. – Es ist der 27.

Wir halten unten am Berg. Oben wohnt der Sohn, unten der Sargschreiner. Dazwischen wächst der Wald. Ein Stück weit sind die Bäume gefällt und an ihre Stelle Kreuze getreten. Es ist der Friedhof. Ich kann ihn sehn. Die Ewigen Lichter leuchten.

Bänke, gedehnte Tische, Truhen.

Särge, sagt der Zimmermann.

Ich finde eine Eiche mit dem Palmgruß am Deckel.

Die soll es sein und nichts andres.
Der Sohn klopft aufs Holz und fragt, wie lange der Sarg halte.
Das kommt auf die Erde an. Auch die Eiche hat kein bleibliches Fleisch – Moder und Zunder, Erde und Asche – soll der Herr hier oben in den Wald?
Ja doch! hier oben unter die Bäume!
Da hält er jahrelang. Der Boden ist trocken, viele Steine, Sand, keine Quelle weit und breit. Kein Lärm von Menschen oder Wasserfällen. Und die Bäume halten den Regen ab.

Der Rückweg ist lang, die Nacht ist da, und die Straßen haben manchmal keine Spur. Im Lichte ihrer Angstkammern hocken die Rentner und wühlen sich ihre Wege endlos, lebenslang, und jeder findet den gleichen Ausgang.

Josef scheint jünger. Jünger, weißer als das alte Fleisch es zuließ. Entschlossen. Entschlossen wozu? Was gibt der toten Sache Ausdruck. Was verändert ein Totes?
Es ist Januar. Die Nachbarin hat die Fetische um seinen Kopf versammelt. Die Beterstimme spricht dazu.

Die Mutter steht am Fenster. Sie sieht durch die Nacht hoch hin zu den Bäumen. Die andern haben die Mäntel abgeworfen und sind an allem vorbeigegangen zum Tisch. Sie wollen die Anzeige machen, und die Mutter muß hingehn und die alten Zeitungen suchen, mit den Sterbeannoncen zum Abschreiben. Laut liest die Lotte die Sprüche vor.
Die Beterstimme trocknet aus.
Aber die Nachbarin und ich, wir sehen, daß aus dem toten Mann was steigt, was die Luft zwischen unten und oben bewegt. Fluten, Flüsse. Die Nachbarin nimmt einen Schluck aus der leeren Asbachflasche.
Inzwischen haben die vom Tisch ihren Spruch gefunden. Und der Sohn liest ihn laut wie eine Lesung und schneidet ihn aus dem Zeitungsblatt und schiebt ihn in die Brieftasche. Morgen wird er zum Anzeiger gehn und Anzeige machen. Die Mutter sammelt die alten Blätter und ordnet sie und legt sie zurück an den Platz.
Es ist eine halbe Stunde vergangen. Josef ist still geblieben und unbekannter geworden.
Die Nachbarin packt ihre Siebensachen in die Röcke, läßt die Asbachflasche stehn und geht vor sich hin aus der Tür.

Ein Gestorbener wird heute unauffällig beseitigt. Aber der gewaltige Zimmermann mit seinen beiden großen Söhnen kommt mit dem großen Sarg nicht durch die Tür. Sie lassen ihn halb im Hausflur, halb in der Wohnung stecken und steigen drüber und wollen Josef holen. – Warum schlagt ihr ihn nicht wie Kranke in Tücher und legt ihn auf die Bahre und bringt ihn schmerzloser aus dem Haus. Oder verbindet doch der Mutter die blauen Augen!
Sie wenden sich gegen sie und drücken ihr das Beileid herzlich in die leeren Hände und fragen mit verstellter stiller Stimme, was der Verblichene für Kleider tragen solle. Sie sehen nicht auf ihn. Sie nennen seinen Namen nicht. Er hat ihn verloren. Morgen wird er aus allen Büchern gestrichen. Er heißt nicht mehr. Der Name ist frei. Die Wohnung ist auch frei und die Stube und der Schrank und das Bett und die Frau und ich.
Die Mutter geht in den Flur. Sie nimmt vom Haken den Sonntagsanzug und holt aus dem Schrank ein gutes Hemd.
Die Männer stehen rum, bis sich der Zimmermann niederkrümmt zu mir und mit der stillen Stimme fragt, wann der Verstorbene zuletzt

gesäubert worden sei. Ich weiß von nichts und muß die Mutter fragen. Sie sagt, am Morgen.
Der Zimmermann und seine Söhne sagen, daß Josef sauber genug so sei. – Sauber genug wofür?
Sie ziehen ihm das letzte Hemd aus. Die Arme sind lax und rutschen herum und der Kopf taumelt und baumelt. Deshalb schneiden sie das gute Hemd auseinander und legen es, weiß wie Schnee, um seine kranke, tote Brust.
Und den Kragen kleben sie mit Hansaplast rund um den Hals herum, damit er nicht absteht, denn er ist gestärkt und liegt doppelt. Sie krempeln die schwarzen Hosen wie Damenstrümpfe und stecken die schlaffen Beine durch die Löcher. Der Zimmermann hebt den Unterleib. Die Söhne ziehen die Hose über das Nackte mit der weißen zarten Haut, mit der Blutspur am Sack, die jetzt dunkel heraustritt, weil der Sack weiß und weit zurückgetreten ist. Und die schwarze Jacke ziehn sie über den Arm mit der Impfnarbe aus der Kinderzeit und über den andern und fassen ihm dabei in die verfärbten Hände. Die Ärmel vom Hemde raffen sie und stopfen sie grob unter die Achseln drunter.

Die Mutter gibt den schwarzen Schlips aus der Hand. Es ist eine Attrappe an Plastikspangen. Der Zimmermann zwickt ihn unter den Kragen.

Josef ist fertig. Die Söhne hieven ihn hoch, der Zimmermann schlägt ihn über die Schulter. Sie gehen aus der Stube. Sie gehen zum Sarg. Die Söhne heben den Deckel. Im Innern stecken Plüsch und Spitze von Puppenkindern. Sie lassen den Alten ab. Der Zimmermann geht in die Knie. Die Söhne fassen nach. – Ich denke an die alten Knochen, die so leicht brechen. – Ein Bein hängt raus. Es wird zurückgeschlagen wie ein Stoffende.

Die Mutter steht dabei. Sie sieht hin.

Die Männer falten ihm die Hände wie einem Tollpatsch.

Die Mutter steht.

Die Männer klappen den Deckel zu. Sie verschließen die Verschlüsse. Sie verriegeln sie nachhaltig.

Der Sohn hat den Knall gehört und kommt. Er drückt dem Zimmermann die Hand, gibt den Söhnen sein Kleingeld, greift der Mutter unter die Arme und sagt: Es ist vorbei.

Die Männer binden große Gurte um – Geschirre wie für Umzug mit Klavier – und wuchten den Sarg hoch und ziehen durch den langen schmalen Windgang. Sie besteigen den Aufzug. Der Sohn zicht die Mutter zurück. Ich bleibe hier. Der Aufzug rauscht. Ich warte. Unten kommen sie aus der Tür und steigen die 4 Stufen abwärts zum Hof. Es ist windig und kalt. Die drei Köpfe wehen.

Sie schleppen sich zum Totenwagen. Sie reißen die Klappe auf. Sie stoßen den Sarg rein. Sie stöhnen. Die Söhne springen nach. Der Zimmermann schlägt die Klappe. Er steigt ans Steuer. Sie fahren los. Keiner winkt.

Dunkel wars der Mond schien helle als ein Auto blitzeschnelle langsam um die Ecke bog drinnen saßen stehend Leute schweigend ins Gespräch vertieft als ein totgeschossner Hase auf dem Sandberg Schlittschuh lief.

Der Plastiksack hängt immer noch am Bettrand. Was aus dem Bauch geflossen ist, ist noch drin. Das Bett ist zerwühlt. Ich fasse aufs Laken. Es ist warm. Der kalte Josef hat die Wärme lange bewahrt. Die Blutspur ist im Laken weitergelaufen.

Plötzlich von ihm getrennt, finde ich mich nicht

zurecht, bin hinterlassen, durchs ganze Zimmer verstreut. Und die andern gehen heim, und die Mutter ist steif und sagt, ich soll auch gehn.

Ich rinne umher und trudle durchs Tal wie ein Fittich. Der Luftraum braust. Und komme vor eine Pizzeria. Am Bahnhof ist kurz vor 9. Ich gehe Pizza essen.
Sie sitzen an den karierten Tischen und fixieren mich. Leichenblaß, sagt ein Heuler.
Ich weiß nicht, ob ich zurück soll. Ich laufe ein Stück. Das Licht von neulich ist in der Stube. Ich renne hin.

Ich sitze auf dem Nachtstuhl. Das Bett ist leer. Die kleine Blutspur ist darin steckengeblieben.
Die Mutter geht. Sie will mich nicht. Ich will sie auch nicht. Ich will hier sein. Sie da. Sie wäscht sich wie jede Nacht und geht vorbei. Sie geht in ihr Zimmer, legt sich in ihr Bett, neben das Bett, das Josefs Bett war. Die Tür ist verschlossen. Unten überm Boden kommt kein Licht durch den Ritz.

Die Nacht bricht an mit all ihren Fehlern: zu kalt, zu still, zu lang, zu dunkel. Ich zähle sie ab als die 4. mit Josef und bin nicht unruhig und bin nicht ängstlich und lösche die Lichter. Nur im Flur das Wandlicht lasse ich, damit es in die Stube scheine. Und gehe wieder hin auf meinen Platz und halte die Wache, die sie mir streichen wollten.

Die Geräusche kommen wie immer. Der Geruch ist noch derselbe. Ich sitze lange, und wenn man nachts lang sitzt, schmeckt der Mund wie jede Nacht. Die Augen sind zu. Innen ist hell und dunkel wie sonst. Meine Hand liegt auf dem Laken. Das Laken ist das Laken.

Der Tod zerbricht, und die Freude zündet das Feuer an. Etwas Josef ist da und verdichtet sich und wird und beginnt zu grünen.

Josef sieht mit seinen blauen Augen in das Dunkel an den Rändern. Ja! Tanze, liebe Vernunft, rate, bis du es triffst oder schwindelst!

Ich löse meine Kleider und die Strümpfe und steige ins Sterbebett und lecke ihn auf und nieder und vom Kopf bis zu den Füßen wie ein neugeborenes Kalb.

Wir schlafen bis in die Puppen. Und schlafen weiter, bis ich erwach.

Der Kristus ist vom Kreuz gefallen und liegt in

meiner Hand. Die kleine Gestalt ist warm und glänzt im Morgenlicht.
Ich steige hoch und hänge ihn zurück an den Nagel. Die Mutter braucht ihn nicht mit mir zu sehn.

Es ist Montag. Die Eierfrau kommt. Die Mutter nimmt nur halb soviele Eier.

Die Mutter hat das Bett abgetragen. Die Matratzen stehn draußen auf dem Balkon. Die Unterlage hängt überm Geländer. Sie hat Ränder. Die Sachen dunsten im Morgenlicht.
Sie kniet und wischt das Bettgestell auf und nieder, mit feuchten Lappen, jede Sprosse, jeden Nagel. Sie hat die schwarzen Sachen an. Wir reden nicht.

Abends sehn wir fern. Nachts schlafe ich und erwache um 5 mit den Zügen im Ohr.

Um 11 ist Beerdigung.
Ein alter Sohn ist gekommen und noch einer aus Amerika. Der wäre der Bauer geworden, statt dessen ist er ein Flüchtling wie Josef.
Dann steigt der blonde Sohn, der Egbert, vom Berg, mit der Lotte dazu. Ein paar fremde Ge-

sichter sind da, mit starken Backen und blauen Augen, die letzten Böhmen. Ein lachendes Kind. Es ist so zahnlos wie Josef und sieht ihm ähnlich.
Ein Landmann, ein Erdmann kommt unter die Erde. Der Pfarrer spricht die mächtigen Worte aus.
Der Sarg kommt auf die Karre. Wir ziehen hinterher den Berg hoch. Ich gehe neben dem Sohn aus Amerika. Die Schluchzenden schreiten. Die Lotte marschiert vorneweg. Wir steigen himmelan.
Schneehaufen auf den Pfaden. Vogelgeschwader. Frische Grabhügel, Löcher. Die Ewigen Lichter.
Wir halten. Wir sind am Platz. Die Böhmen schwenken weiße Tücher. Der Sarg wird abgeseilt. Die Mutter steht steif.

Am Berg steht das Haus des Sohnes. Ich kann es durch die kahlen Bäume sehn. Die Mutter kriegt den Schlüssel und steigt hinauf. Die andern gehen zur Friedhofskantine. Ich gehe zum Zug.
Josef! Josef!